MaryJanice Davidson vit dans le Minnesota. Elle écrit dans de nombreux genres littéraires : romance contemporaine, romance paranormale, érotisme… Elle est gentille avec certains enfants et il lui arrive, parfois, de bien traiter les petits animaux. Elle adore parler d'elle à la troisième personne.

Du même auteur, chez Milady :

Queen Betsy :
1. *Vampire et Célibataire*
2. *Vampire et Fauchée*
3. *Vampire et Complexée*
4. *Vampire et Irrécupérable*
5. *Vampire et Casée*
6. *Vampire et Flippée*

MaryJanice Davidson

Vampire et Flippée

Queen Betsy – 6

Traduit de l'anglais (États-Unis) par Cécile Tasson

Milady

Milady est un label des éditions Bragelonne

Titre original : *Undead and Uneasy*

Suivi d'un extrait de : *Undead and Unworthy*

Illustration de couverture :
Maureen Wingrove

ISBN : 978-2-8112-0672-7

Bragelonne – Milady
60-62, rue d'Hauteville – 75010 Paris

E-mail : info@milady.fr
Site Internet : www.milady.fr

Merci à mon mari qui souffre depuis si longtemps – quatorze ans au moment où tu tiens ce livre entre tes mains, mon pauvre… Pas vous, mon mari ! –, à ma famille qui me soutient, à Jessica et à mes lecteurs… Longue vie à vos cartes de crédit !

Remerciements

J'ai écrit ce livre seule, mais plusieurs de mes complices habituels m'y ont aidée, soit par leurs suggestions, soit en m'interdisant de décoller les fesses de mon bureau. Dans le désordre : Tony, Chris, Liam, Yvonne, ma mère et mon père, l'artiste connu autrefois sous le nom de King Al – voir *The Royal Treatment* et *The Royal Surprise*, non traduits en français.

J'aimerais également dédier ce livre aux amis que je n'ai jamais rencontrés, à commencer par tous les membres de mon groupe Yahoo, le meilleur groupe du Web. On y partage des images, des histoires, et surtout des lectures. J'y publie des extraits de chapitres et j'ai pour habitude agaçante de faire des allusions à mes prochains romans et à l'évolution de l'intrigue. Si vous voulez nous rejoindre, envoyez un e-mail à cette adresse : maryjanice-subscribe@yahoogroups.com. Merci tout particulièrement à Terri, Mippy et Jose qui me donnent toujours le sourire.

Un autre groupe qui me soutient, contre toute attente, est celui du forum de Laurell K. Hamilton, www.laurellkhamilton.org. Ce site Internet est censé promouvoir uniquement son travail, pourtant elle n'a pas hésité à m'octroyer une page personnelle et ses lecteurs m'ont fait une place toute particulière : ils me soutiennent, achètent mes romans, en parlent, viennent me rencontrer lors des séances de dédicace et me demandent des autographes. C'est vraiment surréaliste, mais ça me fait plaisir.

En toute franchise, le monde de la romance est rempli d'auteurs chaleureux qui n'hésitent pas à encourager les autres. Parmi les meilleurs : Charlaine Harris, Susan Grant, P.C. Cast, Nora Roberts, Lori Foster et Christine Feehan.

Quant aux romans que j'écris, aucun n'aurait jamais été publié sans l'intervention d'attachées de presse hors du commun. Pour ça, j'ai la chance d'avoir à mes côtés Julie Fleischaker de Berkley PR et Jessica Growette de J.A.G. Promotions. Elles n'ont vraiment pas la meilleure place : elles font le sale boulot pendant que je reçois tous les honneurs.

Dans le genre travail désagréable et ingrat – non, maman, je ne parle pas de toi –, il y a aussi celui de ma correctrice, Cindy Hwang, et de mon agent, Ethan Ellenberg. Ils ont tous les deux eu leur lot de migraines à cause de votre serviteur.

Mais tous ces livres n'auraient jamais vu le jour sans les sites Internet e-publishers et e-books. Ils m'ont fait confiance alors que j'étais une totale inconnue du public. Je leur en suis éternellement reconnaissante.

L'été dernier, j'ai bouclé ma première tournée de dédicaces. Ça a été aussi épuisant qu'excitant. Une part non négligeable de ce que vous allez lire dans ce roman est le résultat de questions et de commentaires que m'ont adressés des lecteurs rencontrés à cette occasion. Merci d'avoir pris le temps de vous déplacer et de vous intéresser à mes personnages. Merci enfin à David qui m'a – fort gentiment – coincée lors d'une séance pour me supplier de donner un copain à Marc Spangler. Il n'a pas été le seul. Du coup, l'auteure obéissante que je suis s'est exécutée.

Merci également à Martha Stewart dont le DVD sur les mariages m'a aidée à imaginer la robe de Betsy, le gâteau et les tenues des demoiselles d'honneur.

Merci à Jamie Poole, qui m'a concocté un superbe cocktail appelé « le queen betsy » qui a donné un coup de fouet à ma créativité plus d'une fois. Prenez ça comme vous le voulez.

Pour finir, chapeau bas à mes lecteurs, en particulier à ceux qui me suivent depuis la première édition de *Vampire et Célibataire*. Le roman que vous avez entre les mains se démarque complètement des cinq premiers. Ça ne veut pas dire qu'il sera moins drôle… les anciens savent que cet univers l'est toujours.

Lettre à mes lecteurs

Avant toute chose, chers lecteurs, j'aimerais vous remercier personnellement. On emploie souvent le terme « chers » pour vous désigner, mais moi, je suis sincère et je vais vous expliquer pourquoi. Grâce à vous, je suis passée de l'excitation de ne jamais savoir quand on allait me couper l'électricité – pendant une fête ? quand mes parents viennent me rendre visite ? ou lorsque mes enfants font des expériences scientifiques ? – à la vie banale et ennuyeuse de celle qui peut payer ses factures. Grâce à mes lecteurs, je ne vais jamais à une séance de dédicaces sans des chaussures de marque ou une pédicure. Pour mes lecteurs, je fais des recherches sur les sirènes, les fantômes, les médiums, les raies manta, les îles Caïman, la Floride, cap Cod, la baie de Monterey, le Texas, les zombies – les zombies du Texas ? –, les vampires, les garous, l'Alaska, les lignées royales, Martha Stewart, différents cocktails, les bed and breakfast, les canines en plastique et la raison pour laquelle personne ne commence à fumer passé trente-cinq ans.

J'ai aussi appris à écrire une série au lieu de me limiter à un seul roman.

Ce qui nous amène à *Vampire et Flippée.*

Si vous me suivez depuis le début, depuis *Vampire et Célibataire,* je vous en suis sincèrement reconnaissante. Je pense que votre patience va enfin être récompensée. Si, au contraire, vous ne connaissez rien à la série, vous avez choisi le bon moment pour nous rejoindre. Comme le disent si bien les Parques à Hercule : « Ça va changer la face du monde. »

Tout ce que j'ai écrit jusqu'à présent était en prévision de ce livre. Répétez après moi : « Pauvre Betsy ! » Malgré les apparences, il y a tout un raisonnement derrière mes délires. Le groupe de soutien que Betsy a réussi à se constituer de manière inconsciente et que j'ai créé pour elle est sur le point de disparaître. Ce qu'elle pensait savoir des morts-vivants ? Faux sur toute la ligne. Le mariage ? La vie ? La mort ? C'est comme dans son livre préféré, *Autant en emporte le vent.*

Ça ne veut pas dire que ce livre sera triste… Vous vous en doutez bien ? Mais… on ne va pas tous en ressortir vivants. Je suis désolée. Ce n'est pas juste, je sais. Mais… c'est la vie. Et la mort.

Alors, chers lecteurs, merci de vous joindre à nous pour cette aventure. Merci d'être restés fidèles. Vous ne le regretterez pas, j'en mettrais ma main à couper. Sinon ? Eh bien, je peux écrire rapidement ou lentement, mais pas les deux en même temps.

Ceci est la version longue. Alors pourquoi ne pas lui laisser sa chance ?

Il serait temps de commencer, pas vrai ? Comme dirait Betsy : « Ferme-la et lis, espèce de truffe. »

« Et la reyne connoîtra un enfant vivant, et il deviendra sien grâce à un homme vivant. »

Livre des Morts

« Une chatte est plus mère que vous[1] ! »

Autant en emporte le vent, Margaret Mitchell

« Un invité maussade n'a pas sa place dans un mariage. »

Friedrich von Schiller

« Lisa, les vampires, c'est des blagues ! C'est comme les elfes, les gremlins et les Eskimos. »

« Le Simpson Horror Show IV », *Les Simpson*, Matt Groening

« À condition d'avoir assez de courage, on peut toujours se passer d'une bonne réputation[2]. »

Autant en emporte le vent, Margaret Mitchell

« Pour mettre la reyne à l'épreuve, un symbole se verra désacralysé. »

Livre des Morts

« Pleurer, ce n'est pas mal, en un sens, tant que ça dure. Mais il faut bien s'arrêter tôt ou tard et, à ce moment-là, on n'a toujours pas décidé ce que l'on doit faire[3]. »

Le Fauteuil d'argent, C.S. Lewis

Vous êtes cordialement invités au mariage de

Elizabeth Anne Taylor
et
Sinclair

607 Summit Avenue
À minuit
Le 4 juillet 2007

RSVP avant le 25 juin. Ne faites pas comme ces crétins qui ne répondent pas et se pointent avec trois personnes. Non mais c'est vrai, quoi !

Prologue

Il était une fois une reine dont la grande beauté n'avait d'égale que la cruauté. Son plus grand trésor résidait dans des boucles d'oreilles ardentes, des bijoux effrayants et encombrants qui lui tombaient sur les épaules. Chaque pierre qui les ornait était plus grosse que le bout du pouce de la reine. Selon la légende, des milliers d'hommes avaient péri durant leur excavation.

La reine était tellement vaniteuse et aimait tant ses boucles d'oreilles qu'elle avait placé une malédiction sur quiconque oserait les lui voler. Son peuple avait donc attendu qu'elle meure pour s'en emparer.

Les quatre voleurs – on ne peut pas les qualifier de « pilleurs de tombe » puisque l'enterrement n'avait même pas encore eu lieu – s'approchèrent du corps sans surveillance et se servirent. Tout le monde était trop occupé à fêter l'accession au trône des nouveaux souverains – la cousine de la reine décédée, une femme d'apparence quelconque mais généreuse, et son mari, un guérisseur timide – pour monter la garde. Et puis, personne ne se souciait de ce qui pouvait arriver à une telle garce.

Un des quatre hommes tomba raide mort avant d'avoir pu monter sur son cheval. La nuit suivante, un autre périt dans l'incendie inexpliqué de sa tente. Le troisième réussit à atteindre la côte et à vendre les boucles d'oreilles à un bon prix. Il souffrit aussitôt d'une attaque cérébrale que l'on appellerait de nos jours « rupture d'anévrisme ». Personne ne sait ce qu'il est advenu du quatrième.

Le marchand qui avait acheté les bijoux les garda dans sa boutique pendant trois jours et demi. Il les vendit ensuite à un homme d'allure fortunée et de bonne réputation, juste avant que la foudre frappe son échoppe une centaine de fois d'affilée. Il eut la vie sauve, mais perdit irrémédiablement son gagne-pain et développa une phobie pour les éclairs et les bruits trop violents.

L'homme d'allure fortunée et de bonne réputation était en fait le valet d'un prince européen – l'histoire ne dit pas lequel. Il apporta les boucles d'oreilles à son maître. Une heure plus tard, celui-ci ingérait une quantité mortelle de viande avariée, ainsi que la moitié d'un des bijoux, qui fut retrouvé lors de l'autopsie.

Par la suite, les boucles d'oreilles atterrirent à Londres, non sans avoir causé une série de catastrophes de plus en plus étranges et épouvantables dans leur sillage, comme une épidémie gigantesque, une maladie des tomates, des naissances de poulains à cinq pattes, de multiples noyades à des kilomètres de tout point d'eau, l'apparition d'un petit mammifère rapide et malfaisant que personne n'avait pu approcher suffisamment pour le décrire, etc.

Le jour où les bijoux avaient été exposés au British Museum dans l'exposition intitulée « Retour des antiquités égyptiennes », le chef de la sécurité était mort d'une attaque, la vendeuse de la boutique de souvenirs était devenue aveugle et trois guides avaient été frappés de dysenterie foudroyante.

Les boucles d'oreilles demeurèrent au musée pendant de nombreuses années. En théorie. Apparemment, ces bijoux détestaient rester au même endroit trop longtemps. Les conservateurs s'arrachaient les cheveux à force de les chercher partout.

Un jour, elles étaient apparues dans l'exposition sur l'homme de Neandertal, un autre dans les urinoirs du premier étage, par six fois dans la boutique de souvenirs – entre-temps, la rumeur selon laquelle les boucles d'oreilles étaient maudites s'était répandue et aucun employé n'osait les toucher, malgré leurs longues heures de travail et leurs salaires de misère – et à quatre reprises dans la cafétéria, où un client imprudent avait failli s'étouffer en les avalant. Ensuite, elles étaient même parties faire un petit tour du monde sans prévenir. On les avait aperçues dans pas moins de huit expositions : au Japon, à Rome, à Manille, en Grèce, en Amérique, en Grande-Bretagne, dans le Pacifique et au Proche-Orient. Connaissant la réputation de ces bijoux, les différents musées les avaient rapidement renvoyés à Londres sans le moindre commentaire.

Puis la direction du British Museum avait changé – le conservateur en chef précédent avait dû prendre sa retraite prématurément après avoir mystérieusement perdu ses doigts et l'odorat – et, pour se faire bien voir de la famille Windsor, ils avaient offert les boucles d'oreilles à Diana, princesse de Galles.

Quelque temps plus tard, elles s'étaient retrouvées entre les mains d'un très vieux vampire, curieux de tout, qui avait eu l'idée de briser les pierres en petits morceaux et de les disséminer à vingt-cinq endroits différents de la planète. Juste pour voir ce qui se passerait, si vous voyez ce que je veux dire.

Un éclat atterrit au Minnesota, un peu après le passage au XXIe siècle. Personne ne connaît la date exacte, tout simplement parce que ceux qui se sont occupés de l'envoi ont mystérieusement disparu.

Chapitre premier

— Il y a trois choses qui ne vont pas avec cette carte, me dit le roi des vampires. D'une, mon amour pour toi ne ressemble pas aux « champs de blés ambrés qui ondulent sous la brise d'été ». De deux, mon amour pour toi n'a rien à voir avec des dessins de lapins mignons et duveteux. Et de trois… (il soupira), les lapins ne scintillent pas.

J'observai la carte d'un jaune brillant, décorée avec des lapins à paillettes. Parmi toutes celles que j'avais étalées sur notre lit, c'était la moins laide. Mais que pouvais-je répondre à ça ? Il tenait un bon argument. Il en avait même trois.

— Ce n'est qu'un exemple. Tu n'as pas intérêt à me faire une attaque et à mourir sous mes yeux, compris ?

— Malheureusement, marmonna-t-il, je n'en ai pas le luxe.

— Eh, je t'ai entendu ! Il y aura beaucoup de gens à la cérémonie (je ne prêtai aucune attention au frisson qui parcourut Sinclair), mais certains ne pourront pas venir. Parce qu'ils ont déjà d'autres projets ou parce qu'ils sont morts ou que sais-je encore. Du coup, il faut leur envoyer une carte pour leur annoncer notre mariage. Comme ça, ils sauront qu'on a sauté le pas. C'est la moindre des politesses.

Je me triturai les méninges pour trouver la meilleure façon d'expliquer la chose à mon fiancé peu enthousiaste et le pousser à m'aider.

— C'est ce qu'on fait quand on est… tu sais, civilisé.

— C'est une forme de racket éhonté dans le seul but de se faire offrir des cadeaux.

— Tout à fait, acquiesçai-je au bout de quelques instants.

Je savais très bien où me placer dans cette guerre de l'impudence. Pas la peine de nier, on savait tous qu'il avait raison. Toutes ces annonces de naissance, de mariage ou de réussite de diplôme ne signifiaient rien d'autre que : « Hé, toi ! Va chercher le chéquier ; il y a du nouveau dans la famille. J'accepte aussi le liquide. »

— Mais ça reste poli. Tu n'as pas fait une telle histoire pour les invitations.

— Parce qu'elles sont utiles.

— Elles sont surtout très bizarres. « Sinclair », rien d'autre, comme si tu n'avais pas de prénom. Pourquoi est-ce que tu n'as pas voulu écrire ton nom en entier ?

— Notre communauté me connaît sous le nom de Sinclair.

« Notre », mon cul ! Il parlait des vampires. Je ne résistai pas à la tentation de le taquiner davantage.

— J'ai l'impression d'épouser Cher.

— Ne commence pas.

Je me mordis la langue pour ce qui me parut être la centième fois de la soirée… et il était à peine 21 heures. À trois semaines de la cérémonie, Sinclair, mon cher et tendre fiancé, devenait plus insupportable d'heure en heure.

Il n'avait jamais été fou de joie à l'idée d'un mariage conventionnel avec prêtre, enfants d'honneur et gâteau nappé de glaçage coloré. Selon lui, comme le *Livre des Morts* le désignait comme mon consort, nous étions mariés de fait et le resterions pour un millier d'années. Point final. Tout le reste ? Une perte de temps. Et d'argent. Difficile de déterminer ce qui était le pire pour lui.

Il m'avait fallu une éternité – bon, seulement un an et demi, en fait – pour réussir à ce qu'Éric – oui, il a un prénom – m'avoue son amour, me demande en mariage, m'offre une bague de fiançailles et accepte de se plier à la cérémonie. Mais il ne m'avait jamais promis de le faire sans rechigner ou me faire subir une bonne dose de remarques acerbes.

Deux solutions s'offraient à moi. Je pouvais répondre à ses provocations avec quelques-unes de mon cru, sachant pertinemment que ça se terminerait en dispute. Ou je pouvais choisir de passer outre à ses commentaires et reprendre le cours de ma journée – euh… nuit – comme si de rien n'était. Après le mariage, Sinclair redeviendrait mon bel amant attentionné.

Et puis j'attendais le voyage de noces avec impatience : deux semaines à New York, où je n'avais jamais mis les pieds ! J'avais entendu dire que c'était un endroit très chouette à visiter, si on avait de l'argent. Et Sinclair avait quelques comptes en banque bien fournis à son nom. Ah, ça me faisait penser que…

— Au fait, je ne compte pas changer de nom. Ne le prends pas personnellement…

— Pas personnellement ? On parle de mon nom, là !

— Mais on m'a élevée comme ça.

— Ta mère a pris le nom de ton père et elle l'a gardé même après qu'il l'a quittée pour les faveurs d'une autre femme. C'est la raison pour laquelle il y a aujourd'hui deux Mme Taylor dans cette ville. Donc, on ne t'a pas élevée comme ça.

Je lui décochai un regard noir – qu'il me rendit d'un air moqueur. Enfin, comme il semblait avoir cette expression même quand il dormait, c'était difficile de dire s'il le faisait exprès. Dans tous les cas, cette discussion allait encore déboucher sur une dispute. Heureusement qu'on était dans notre chambre où aucun de nos nombreux colocataires ne risquait de nous interrompre. Ou pire, de nous noter. Marc avait donné un 7,5 sur 10 à notre dernière dispute. Le volume sonore aurait mérité un 8, mais le manque d'originalité dans nos insultes nous avait fait perdre des points.

Nous vivions – et ce pour les mille prochaines années, si tout allait bien, en espérant que Jessica ait une bonne assurance – dans une ancienne et grande maison sur Summit Avenue à Saint Paul. Moi, Sinclair, ma meilleure amie Jessica, Marc et plein d'autres, mais j'étais trop fatiguée pour citer tous leurs noms. Même si j'adorais mes amis, parfois, je ne pouvais m'empêcher de souhaiter qu'ils disparaissent quelque temps et me laissent respirer !

Battre en retraite dans la suite principale, où nous étions en train de nous disputer, était une bonne manière d'avoir la paix. Je n'avais jamais vu – et encore moins mis les pieds dedans – une salle de bains aussi fantastique auparavant. Pourtant, après avoir pris un bain dans notre jacuzzi de deux mètres cinquante de long, j'étais persuadée que la main de Dieu agissait par le biais de ses bulles.

Cette maison ressemblait au bed and breakfast le plus chic du monde : le frigo était toujours plein, les draps toujours propres, et on ne nous demandait jamais de libérer notre chambre et de rentrer chez nous. Même les placards étaient superbes, avec des décorations tellement fines qu'on ne pouvait pas toutes les distinguer. Comme ma famille avait toujours habité en lotissement, j'avais fait de la résistance avant de venir m'installer là, l'année précédente. Mais je devais avouer que j'adorais ça et n'arrivais toujours pas à croire que je vivais dans un tel palace. Certaines pièces étaient tellement grandes que je ne remarquais pas la présence de Sinclair.

OK, c'était un mensonge. Éric Sinclair ne passait jamais inaperçu, même s'il était simplement assis dans un coin en train de lire le journal. Grand – un mètre quatre-vingt-dix – bâti comme un fermier – il en avait été un – qui faisait attention à sa ligne – ce qu'il avait fait –, il avait des épaules larges et très musclées, de longues jambes, une taille étroite, un ventre plat, de longues dents, de grandes mains, un gros pénis. Mâle dominant sur toute la ligne. Et il était à moi. À moi, je vous dis !

Sinclair avait environ soixante-dix ans – je ne connaissais pas les détails et il manifestait rarement l'envie de me raconter sa vie –, mais, comme il était mort à trente ans, on ne distinguait pas la moindre trace de gris dans ses cheveux noirs ni la moindre ride sur son beau visage. Il avait aussi un sourire qui aurait fait passer Tom Cruise pour un vieillard édenté. C'était un diable au lit, je ne vous raconte même pas ! Il avait beaucoup d'argent. Peut-être même plus que Jessica, qui avait pourtant acheté ce palace. Il était fort. Je l'avais vu arracher le bras d'un homme à main nue comme vous et moi aurions détaché l'aile d'un poulet. Et je vous ai déjà dit que c'était un vampire, pas vrai ? Le roi des vampires ?

Et moi, je suis la reine. Sa reine.

Peu importe ce que disait le *Livre des Morts* ou le fait que Sinclair m'ait dupée pour arriver à ses fins. Et je me moquais complètement de ce que disaient les vampires. Ou même ma mère, tiens ! J'aimais Éric – quand il ne me faisait pas tourner en bourrique – et il m'aimait aussi. J'en étais presque sûre. Dans mon monde – qui n'était pas seulement rempli de vampires et de zombies puants en décomposition, Dieu merci ! –, ça voulait dire qu'on avait le droit de prendre un homme de loi en otage et de le forcer à nous déclarer « mari et femme ».

Deux ans auparavant, j'aurais parlé de prêtre. Mais si un homme d'église bénissait Sinclair, l'aspergeait d'eau bénite ou lui tendait le panier pour la quête, mon fiancé risquait de prendre feu. Bonjour, l'ambiance.

Bref, c'était comme ça que je voulais voir les choses se dérouler. J'en avais besoin et ne pensais pas que ce soit trop en demander. Avec tout ce que j'avais subi depuis que je m'étais relevée d'entre les morts, c'était la moindre des récompenses. Alors, si le roi n'était pas content, il pouvait toujours courir pour que je mette un porte-jarretelles.

— Si tu n'es pas content, lui dis-je, tu peux toujours courir pour que je mette un porte-jarretelles.

— C'est encore un charmant rituel post-cérémonie propre à ta tribu ?

— Qui est-ce que tu appelles ma « tribu », fouille-merde ?

J'avais laissé tomber les cartes pour plier mes tee-shirts. Le panier à linge me regardait de travers depuis presque une semaine. Jessica avait engagé une flopée de serviteurs, mais nous préférions tous nous occuper de notre propre lessive. Sauf Sinclair. Je soupçonnais Tina – son majordome de choc-assistante en tout genre – de le faire à sa place. Il pouvait toujours courir pour que j'intervienne.

Je lâchai le tee-shirt fraîchement lavé pour mettre les mains sur les hanches et lui adresser mon regard qui tue.

— Ton père était fermier. Alors ton attitude du genre « je suis un aristocrate, tu me dois le respect, sale gueuse » ne tient pas la route cinq minutes, coco.

Assis à son bureau, dans un coin de la pièce, Sinclair – vêtu d'un costume noir, un mardi soir ! C'était comme si un type se mettait sur son trente et un lors de son jour de congé avant même d'avoir avalé son petit déjeuner – se contenta de hausser les épaules sans lever la tête. Il agissait toujours ainsi : il me titillait, faisait une remarque énervante, puis refusait de s'engager dans la confrontation. Il me jurait que c'était une preuve d'amour et que, autrement, il m'aurait tuée depuis des mois.

— J'en ai marre que tu agisses comme si ce mariage ne concernait que moi.

Il garda la tête baissée et continua d'écrire.

— Ce mariage ne concerne que toi.

— Je serais prête à parier que tu n'as même pas encore réfléchi à tes vœux.

— Bien sûr que si.

— Alors vas-y, puisque tu es si malin. Je t'écoute.

Posant son stylo, il ferma les yeux, s'humecta les lèvres et prit une grande inspiration.

— « Hélas, le pénis est… » (Quand il ouvrit les yeux et découvrit mon air horrifié, il s'expliqua.) William Gass, dans son essai *Métaphore et Mesure*.

Puis il s'empara de nouveau de son stylo et se remit au travail.

Avec un cri de frustration, j'arrachai ma bague de fiançailles, jurai – elle s'était coincée au niveau de ma deuxième phalange – et la lançai le plus fort possible dans sa direction.

Il l'attrapa en plein vol sans même relever la tête et me la renvoya. J'agitai les bras et jonglai avec avant de réussir à refermer mon poing glacé dessus.

— Pas question, mon amour. Tu as insisté pour que je t'offre une représentation maladroite de mes sentiments. Alors, tu as intérêt à la porter. Si tu la jettes encore une fois, poursuivit-il d'un air absent en tournant une page de parchemin froissée sans jamais lever la tête, je te la ferai manger.

— Mange plutôt ça !

Je lui fis un doigt d'honneur. Je pouvais presque sentir la pression sanguine augmenter dans mes veines… alors que mon cœur ne battait plus. Je me rappelais simplement cette sensation. J'étais parfaitement consciente que j'agissais comme une gamine pourrie gâtée. Mais c'était quoi, son problème, au juste ? Pourquoi agissait-il si froidement, si… si Sinclairement ? Nous n'avions pas fait l'amour depuis… Je comptai sur mes doigts, mais abandonnai lorsque j'atteignis le jeudi précédent. Au lieu de ça, nous partagions notre sang sans baiser. C'était une première pour nous. J'avais l'impression qu'il se servait de moi comme d'un mouchoir en papier, me jetant à la poubelle après usage.

Qu'est-ce qui clochait chez lui ? et chez moi ? J'allais finalement avoir ce dont j'avais toujours rêvé. Du moins, depuis que je m'étais réveillée d'entre les morts. Pas vrai ?

J'étais tellement perdue dans mes pleurnicheries que je ne m'étais pas rendu compte que Sinclair s'était approché de moi comme un chat guettant un rat.

— Remets ta babiole au doigt, ma chérie, avant de la reperdre.

Je refrénai l'envie de la lui enfoncer dans le nez. Il avait vraiment de la chance que j'aime les rubis.

Je réussis – de justesse – à éviter son baiser.

— Quoi ? Tu crois vraiment qu'on va faire l'amour après ça ?

— Je l'espérais, admit-il en esquivant mon coup de poing.

— On n'est pas censés parler avant de se réconcilier sur l'oreiller ?

— Je n'en vois pas l'utilité, dit-il en me renversant sur le lit.

Malgré mes protestations, la sensation de ses mains sur moi était plutôt agréable. Autant lui faire croire – et seulement croire – qu'il contrôlait la situation. Il pressa les lèvres contre les miennes, puis descendit le long de mon cou, glissa les mains sous mon chemisier et m'arracha mon pantalon. Je sentis ses canines transpercer ma peau – sentiment étourdissant d'être prise, utilisée, tandis qu'il buvait mon sang glacé. Il s'empara de mes fesses pour me rapprocher de lui et, soudain, s'insinua en moi. Notre dispute était terminée. C'était aussi simple que ça. Du moins, jusqu'à la prochaine fois.

On ondula l'un contre l'autre pendant un long moment. Je comptai mes orgasmes successifs comme des feux d'artifice éclatant dans mon esprit : un, deux, trois !

Elizabeth, tu es à moi, ma reine, ma… femme

— Tu ferais mieux de t'y habituer, haletai-je en relevant les hanches à la rencontre des siennes, tout en m'efforçant de ne pas écouter les éclats de rire qui résonnaient dans sa tête.

Quand il me mordit de l'autre côté de la gorge, je ne pus m'empêcher de penser qu'on allait devoir changer les draps. Ah, le sexe entre vampires ! Une plaie !

Je le sentis se raidir au-dessus de moi, puis il roula sur le côté en réprimant un bâillement.

— Eh bien, voilà ! Tu ne te sens pas mieux ?

— Bien mieux. Pour en revenir au mariage…

— La cérémonie qui ne sert à rien, tu veux dire ? La détente avait été de courte durée.

— La ferme ! Un vieux livre puant écrit par un gars mort te dit qu'on est mariés et toi, ça te suffit ?

— On parle du *Livre des Morts* ou de… (il fit une grimace terrifiante, comme s'il essayait de recracher une souris) la Bible ?

— Très drôle !

Mais je devais avouer que j'étais impressionnée ; un an auparavant, il n'aurait jamais été capable de prononcer ce mot. Peut-être que je déteignais sur lui. Le contraire était vrai, en tout cas. J'avais découvert que le *Wall Street Journal* était parfait pour allumer un feu de cheminée.

— Écoute, j'aimerais juste t'entendre dire une fois, rien qu'une fois, que tu es heureux de m'épouser.

— Je suis heureux, dit-il en bâillant, parce qu'on est déjà mariés.

Et voilà, c'était un éternel recommencement. Je n'étais pas stupide. Je savais parfaitement que le *Livre des Morts* était une sorte de Bible et que si ce machin nous proclamait consorts et souverains, ce n'était pas la peine de chercher plus loin.

Mais je n'étais pas une vampire ordinaire. J'avais réussi – du moins l'espérais-je – à conserver mon humanité. Un minimum, en tout cas. Alors, je voulais un vrai mariage. Avec un gâteau, même si je ne pouvais pas le manger. Et des fleurs. Et Sinclair glissant une alliance à mon doigt en me regardant comme si j'étais la seule femme de tout l'univers. Une alliance qui s'accorderait parfaitement à ma bague de fiançailles incrustée de diamants et de rubis, unique et magnifique, la preuve que je lui appartenais. Et je voulais me trouver sublime dans une robe de mariée simple mais d'une élégance à couper le souffle, être belle, séduisante, rien que pour lui. Avoir l'air d'une mariée, tout simplement. Et lui, grand, ténébreux, terrifiant aux yeux de tout le monde sauf aux miens. Je voulais qu'il me sourie pour de vrai, et pas avec ce rictus supérieur qu'il servait à n'importe qui.

Alors, on serait un couple comme les autres. Un couple normal qui pourrait fonder une… une…

— J'aimerais tellement avoir un enfant avec toi, soupirai-je en jouant avec ma bague d'un geste nerveux.

— On a déjà parlé de ça, répondit-il en cachant à peine son aversion à cette idée.

Il avait raison. Enfin, c'était surtout moi qui rabâchais. Ne vous méprenez pas : je n'étais pas de ces femmes qui s'extasient à longueur de temps sur des nourrissons baveux mais, dès que j'avais su que je ne pourrais jamais en avoir – et que ma belle-mère, le Thon, avait accouché –, je n'avais plus réussi à penser à autre chose.

Pas d'enfant pour Betsy et Sinclair. Jamais. Un jour, j'avais même essayé d'adopter une gamine fantôme, mais quand j'avais résolu son problème, elle avait disparu. Pas question de subir ça une seconde fois.

Je me relevai d'un bond, si rapidement que je glissai et tombai du lit dans un grand fracas.

— Tu ne veux pas un bébé avec moi, Sinclair ?

— On en a déjà parlé, répéta-t-il sans me regarder. Le *Livre des Morts* stipule que la reine peut avoir un enfant avec un homme vivant.

— Qu'il aille se faire foutre ! Je veux un bébé de toi, Sinclair, notre bébé à nous.

— Je suis incapable de t'en donner un, répondit-il calmement avant de retourner à son bureau.

Il s'assit, observa quelques dossiers et ne me prêta plus aucune attention.

Il avait raison. Il ne pouvait pas. Il était mort. Nous ne pourrions jamais être de vrais parents. C'était la raison pour laquelle j'avais besoin – arrêtez-moi si je me répète – d'un vrai mariage. Avec des fleurs, de l'alcool, de belles robes et des costards.

Je voulais que ma famille et mes amis pensent en nous regardant : « Ce couple durera longtemps, ils sont faits l'un pour l'autre. » Et que Marc se trouve un copain et que Jessica guérisse. Et que mon petit frère arrête de pleurer, et que ma belle-mère s'entende bien avec tout le monde et ne se pointe pas sapée comme un sac.

Et que notre colocataire loup-garou, Anthonia, arrête d'insulter ma cérémonie en la traitant de « singerie ». Et que George le Monstre – je veux dire Garrett – cesse de nous montrer qu'il peut manger avec ses pieds. Et que Cathie ne me murmure plus des âneries à l'oreille pour me faire rire aux moments les plus inopportuns.

Et que mes parents arrêtent de se disputer, que la paix soit déclarée au Proche-Orient avant que les feux d'artifice – et les colombes – soient lancés dans le jardin de derrière. Oh, et que quelqu'un découvre que le chocolat soigne le cancer.

Franchement, était-ce trop demander ?

Chapitre 2

— Retire ça tout de suite ! s'écria ma meilleure amie. Tu as l'air d'une junkie morte-vivante.

— Sans blague ? une morte-vivante ? se moqua Marc, notre colocataire. Quelle horreur !

— Ce n'est pas si mal que ça, répondis-je sur un ton hésitant en faisant une pirouette devant le miroir.

Malheureusement, Jess avait raison. Vivante, j'étais déjà d'une pâleur nordique, mais depuis que j'étais morte, j'étais livide. Soyons honnêtes, avec cette robe entièrement blanche, je semblais prête à célébrer mes noces funèbres.

— Je te trouve très jolie, intervint Laura, ma demi-sœur, qui avait toujours un mot gentil.

Sauf qu'à l'entendre tout était joli. Elle-même était magnifique – et sa mère, le diable. Mais ça, c'était une autre histoire.

Nous nous trouvions tous les cinq, Marc, Jessica, Laura, Cathie et moi, à *Rush's Bridal*, une boutique de mariage ultra sélecte qui existait depuis des années et qui n'ouvrait que sur rendez-vous. La femme du maire de Minneapolis et ses demoiselles d'honneur avaient été habillées ici. Leur note de remerciements avait été encadrée.

Grâce à la notoriété de Jessica, je n'avais pas eu besoin d'appeler avant de venir. Mais je n'aimais pas ce genre de magasin. Rien à voir avec *Macy's*, où je pouvais parcourir les étalages et choisir toute seule. Ici, il fallait expliquer ce qu'on voulait à la vendeuse, qui se chargeait de vous rapporter – bon chien ! – un échantillon de leurs robes pour que vous les essayiez.

C'était très frustrant pour moi parce que je ne savais pas ce que je voulais. Bien sûr, je feuilletais les magazines de mariage depuis le collège, mais, à l'époque, j'avais le teint rosé. Et un pouls. Et un compte en banque à sec. La situation avait changé du tout au tout.

— Je suis certaine que nous allons vous dénicher la tenue parfaite, me dit la vendeuse – dont je n'arrivais pas à retenir le nom – d'une voix suave.

Elle m'avait fait tout enlever sauf ma culotte en cachemire, mais ça ne me gênait pas. Jessica m'avait vue nue à de nombreuses reprises – même qu'une fois, je pleurais dans un placard –, Laura était un membre de ma famille et Marc était gay. Oh, et Cathie était morte. Encore plus que moi. Un fantôme, quoi.

— Alors, comment va l'heureux élu ? demanda Marc en prenant discrètement le pouls de Jessica.

Elle lui donna une tape sur la main comme si elle essayait de chasser une guêpe importune.

— De mauvaise humeur, répondis-je tandis que plusieurs vendeurs approchaient, les bras remplis de tulle. Je vous jure… J'ai bien cru que j'allais me transformer en furie.

— Nous aussi, marmonna Cathie.

— Mais personne ne m'avait prévenue que Sinclair n'arrêterait pas de râler !

— Pas de blanc pur, dit Jessica d'un air fatigué. Elle a le teint trop pâle. Pourquoi pas une Alexia avec des bordures noires ?

— Du noir à un mariage de vampires ? Tu as oublié de prendre tes médicaments ou quoi ?

Marc fronça les sourcils.

— Apparemment, oui, répondit-il à sa place.

— Ce n'est pas grave. (Je soupirai.) Il y a d'autres tons de blanc : crème, latte, écru, ivoire, magnolia, nacre…

— Tu n'es pas obligée de porter du blanc, intervint Laura, qui s'était roulée en boule comme un chat sur un fauteuil en velours rouge.

Elle avait relevé ses cheveux d'un blond lumineux en un chignon sévère. Elle portait un tee-shirt bleu large sur un short en jean. Jambes nues, tongs. Pourtant, même ainsi, elle était toujours plus belle que je ne le serais jamais le jour J. Je dus me faire violence pour ne pas dénicher un revolver dans la réserve secrète de la boutique et lui faire sauter la cervelle pour laver cet affront. Je ne comptais pas la tuer. Juste rendre son visage moins parfait.

— C'est même inapproprié pour toi de porter du blanc.

— Sale vierge, me moquai-je.

— Sale vampire, rétorqua-t-elle. Tu pourrais mettre du bleu. Ou du rouge ! Ça ferait ressortir tes yeux.

— Arrêtez ! Vous me tuez avec vos idées bizarres.

— Tu comptes mettre combien, au fait ? demanda Cathie.

Elle flottait près du plafond pour observer les lustres, les sublimes accessoires, les vendeurs élégants et raffinés – qui comme tous bons employés, faisaient semblant de ne pas entendre nos histoires de vampires – et le manque flagrant d'étiquettes sur les articles.

— Hmm, mmm, marmonnai-je.

— Hein ? s'écrièrent Jess et Cathie à l'unisson.

— Cathie me posait la question du budget.

Voilà un pouvoir de reine des vampires dont je me serais bien passé : j'étais la seule capable de voir et entendre les fantômes. Eux aussi me voyaient, m'entendaient et me cassaient les pieds. À toute heure. De la journée ou de la nuit. Que je sois habillée ou complètement nue.

Mais Cathie était un cas à part. Comme tout le monde le sait, les fantômes restent coincés dans notre monde parce qu'il leur reste un dernier truc à faire. Une fois le problème réglé, pouf ! ils disparaissent au ciel pour toujours. Privilège qui m'avait été confisqué. D'ailleurs, qui pourrait leur en vouloir ? Si j'étais à leur place, je me casserais d'ici le plus vite possible.

Pourtant, même si j'avais résolu le petit problème de tueur en série de Cathie, elle était toujours là. Elle faisait même l'intermédiaire entre les fantômes et moi, un peu comme une assistante céleste.

— Alors ? demanda Marc.

— Pourquoi tu me… regardes ? haleta Jessica. (Marc serra les lèvres et on détourna tous le regard.) La banque est… fermée.

— Votre amie aimerait-elle un verre d'eau ? s'enquit un nouveau vendeur, apparu de nulle part.

— Vous n'auriez pas un petit coup de chimio ? demanda Jessica, fatiguée.

— C'est, euh, 3 millions, répondis-je, pressée de changer de sujet.

J'étais incapable de faire face à Jessica, alors je baissai la tête et regardai mes pieds. Ils avaient grand besoin d'une pédicure. Comme d'habitude. Je pouvais leur faire subir le plus radical des traitements, ils reprenaient toujours cet aspect, celui qu'ils avaient le jour de ma mort.

— Trois millions ? s'écria Cathie à mon oreille, me faisant sursauter. (Les vendeurs me prenaient sûrement pour une épileptique.) Millions de quoi ? roubles ? pesos ? yens ?

— Trois millions de dollars ? s'exclama Marc à son tour. Pour une fête ?

Toutes les femmes de la pièce l'assassinèrent du regard. Ah, les hommes ! Un mariage n'était pas une simple « fête ». Une fête, c'était une fête. Cette cérémonie-là serait le jour le plus important de ma… de notre vie.

N'empêche que j'avais été surprise quand je m'étais rendu compte que Sinclair avait déposé 3 millions de dollars sur mon compte en banque. Je n'avais même pas pris la peine de lui demander où ils les avaient trouvés.

— Mais tu vas faire quoi avec 3 millions ? demanda Cathie d'une voix suraiguë.

— Acheter un gâteau, bien sûr.

— Tu parles à Cathie ? s'enquit Laura.

— Oui. Un gâteau, donc, poursuivis-je.

— Cathie, tu devrais rejoindre ton seigneur, suggéra ma sœur.

— Mon seigneur ? demanda Cathie dans mon esprit.

— Elle veut dire « Jésus », lui expliquai-je.

— Cette situation n'est pas très convenable, continua Laura dans sa discussion à sens unique.

— Dis à ta petite sœur chérie d'aller se faire voir, rétorqua Cathie.

— Elle te remercie pour tes conseils, répondis-je à sa place.

— Pense à toutes les bonnes actions que tu pourrais réaliser avec cet argent, me sermonna gentiment Laura. Et tu en aurais toujours suffisamment pour organiser une belle cérémonie.

Ai-je précisé que la fille du diable avait été élevée par un pasteur ?

— Il y a le gâteau..., repris-je.

— De la taille d'une Lamborghini ? railla Cathie.

— Ma robe, celle des demoiselles d'honneur, la réception, le repas...

— Que tu ne peux pas manger ! grommela Marc.

— La lune de miel, l'alcool pour l'open bar, le traiteur, les serveurs...

— Acheter une église aux catholiques...

Mes amis avaient l'habitude de mes conversations avec Cathie, pourtant Marc continuait de secouer la tête, comme le font tous les hommes dès leur plus jeune âge, de cette façon qui signifie : « Les femmes sont dingues. »

— Ça ne va pas, informai-je les vendeurs. (Je ne parlais pas seulement des robes.) Et mon amie est fatiguée. Je pense que nous devrons revenir une autre fois.

— Je vais bien, protesta Jessica d'une voix faible.

— La ferme, rétorqua Marc.

— Tu n'en as pas l'air, intervint Laura. Tu ne dois pas bientôt retourner à l'hôpital ?

— La ferme, cul blanc.

— Si j'avais osé te traiter de cul noir, tu m'aurais sauté dessus comme un diable en furie. (Laura s'interrompit.) Et crois-moi, je sais de quoi je parle.

— Reste en dehors de tout ça, cul blanc.

— Si tu es malade, tu ferais mieux d'aller à l'hôpital.

— Le cancer n'est pas contagieux, cul blanc.

— C'est très égoïste de ta part d'inquiéter Betsy en ce moment.

— Qui t'a demandé ton avis, cul blanc ? Pas moi. Ni elle, en tout cas. Tu ne devrais pas aller aider dans une soupe populaire ? ou te préparer à dominer le monde ?

Laura hoqueta de surprise. Je grognai. Même si Jessica n'était pas de bonne humeur, ce n'était pas une raison pour parler du Sujet-qu'il-ne-faut-pas-aborder : en d'autres termes, que selon la prophétie, la fille du diable était censée dominer notre monde.

Avant que la dispute ne dégénère, un vendeur s'interposa.

— Mais votre mariage n'est que dans quelques mois. Ça nous laisse très peu de temps pour…

— On s'en fout, rétorquai-je en remarquant le teint malade de Jessica qui, d'habitude, avait une peau rayonnante. Tu as raison, Laura. On se tire d'ici.

Chapitre 3

Mais cette histoire à la boutique de mariage remontait déjà à quelques mois. Je repensais simplement à mes amis parce que j'étais toute seule. Pire : toute seule à un double enterrement.

Mon père et sa femme étaient morts.

Je ne savais pas trop comment réagir. Je n'avais jamais aimé le Thon, ma belle-mère, une femme à l'allure provocante et vulgaire, qui mentait comme elle respirait, qui avait piqué la place de ma mère et avait brisé mes illusions sur le mariage alors que je n'avais que treize ans.

Mon père, lui, n'avait jamais su s'y prendre avec moi. Pris en porte-à-faux entre mes disputes quotidiennes avec le Thon, celles de ma mère et du Thon, et leurs engueulades de couple – « Envoie-la en pension, chéri, et tout de suite ! » –, il préférait ne pas s'en mêler. Il m'aimait, mais il était lâche. Il l'avait toujours été. Et mon retour d'entre les morts l'avait terrifié.

Elle, elle ne m'avait jamais aimée, pas même appréciée.

Mais ça n'avait pas d'importance puisque le sentiment était mutuel. Ma transformation en vampire n'avait rien arrangé. En fait, la seule chose qui avait réussi cet exploit, c'était la naissance de mon demi-frère, Bébé Jon, qui, Dieu merci, n'était pas présent aux funérailles.

Personne n'était venu. Jessica était entrée à l'hôpital pour des séances de chimio et son petit ami, l'inspecteur Nick Berry, ne quittait son chevet que pour manger et arrêter un méchant de temps en temps.

Comble de la coïncidence, les funérailles avaient lieu au même endroit que les miennes. Du moins, si je n'étais pas revenue d'entre les morts et ne m'étais pas échappée le plus vite possible. Autant vous dire que je n'étais pas très enthousiaste à l'idée d'y retourner.

Lorsque j'étais morte, un an auparavant, j'avais eu un aperçu de la salle d'embaumement, mais je ne m'y étais pas attardée. Nous nous trouvions dans une pièce que je n'avais jamais vue. Des murs sombres et sobres, de nombreuses chaises rembourrées, des photos de mon père et de ma belle-mère en format poster à l'avant. Pas de cercueils, bien sûr. Rien qu'on aurait pu ouvrir accidentellement. Il ne restait plus grand-chose des corps après l'incendie.

— … des piliers de la communauté. M. et Mme Taylor soutenaient de nombreuses associations caritatives…

Tu parles. Le Thon – diminutif d'Anthonia – était aussi altruiste que le cinglé à la tête de la Corée du Nord. Elle distribuait l'argent de mon père à plusieurs associations dans le seul but de courir les galas de charité, comme si elle était de nouveau la reine de la promo. Elle faisait partie de ces femmes qui avaient eu leur moment de gloire au lycée et n'avaient cessé de décliner depuis. Le fait que mon père ne s'en soit jamais rendu compte m'avait toujours étonnée.

J'observai la pièce remplie en majorité d'étrangers – peu nombreux qui plus est, alors que le couple était censé être « des piliers de la communauté ». J'avais la gorge nouée. Personne n'était assis à côté de moi. Pas étonnant : j'étais venue seule.

Tina, le majordome de Sinclair, était partie en mission diplomatique en Europe pour s'assurer que les vampires n'y préparaient pas de mauvais coup. La faction européenne avait fini par venir nous témoigner ses respects quelques mois auparavant. Puis il y avait eu un meurtre, un gros bordel, et ils avaient pris leurs jambes à leur cou. Personnellement, je ne voyais pas le problème. Loin des yeux, loin du cœur… On aurait pu en faire la devise de la famille Taylor. Sinclair, qui s'inquiétait pour un rien, ne le voyait pas de cet œil-là.

Comme nous étions tous les deux occupés par les préparatifs du mariage, Tina avait accepté de se rendre outre-Atlantique. D'habitude, Tina ne s'éloignait jamais beaucoup de Sinclair. Alors, un voyage en solo était une première pour elle. Je me rappelais encore ses dernières paroles :

— Qu'est-ce qui pourrait bien se passer en deux semaines ?

Tout le monde sait que ce sont des mots à ne pas dire.

Chapitre 4

J'observai le poster d'Anthonia Taylor, le Thon, qui m'observait en souriant. Dans les yeux. J'avais l'impression que son regard suivait chacun de mes mouvements. La photo était posée sur un chevalet à côté de celle de mon père.

Je la reconnaissais : elle avait été prise par la chambre de commerce de Minneapolis, lorsque le Thon et lui avaient gagné un prix inutile grâce à l'argent de mon père. La photo du Thon avait été prise en studio. Vous voyez le genre : les yeux charbonneux, les ongles hyper longs et les cheveux crêpés.

— … avaient trouvé le véritable bonheur sur le tard…

J'avais envie de vomir. Je ne savais pas si je devais lever les yeux au ciel ou éclater de rire. Au vu des circonstances, je me retins.

Sinclair avait disparu le lendemain du départ de Tina. Il boudait sûrement à cause de nos disputes incessantes et cherchait à éviter la mariée en furie que j'étais devenue. Pour être franche, cette petite pause me faisait du bien. Je voulais continuer d'aimer cet idiot, pas rêver de lui planter un pieu dans le cœur. Et puis nos nuits d'amour me manquaient. Tout me manquait, en fait. Son absence me soulageait autant qu'elle m'attristait.

Sans parler du fait que j'étais trop fière pour l'appeler et lui apprendre ce qui était arrivé à mon père et sa femme. Ça revenait à demander son aide. Et puis quoi encore ? Il allait revenir tout seul, sans que je l'appelle. Bientôt. Incessamment sous peu.

La pièce n'avait pas de fenêtre, ce qui était vraiment dommage car c'était une très belle journée d'été pour le Minnesota, du genre qui vous fait complètement oublier l'existence de l'hiver. De gros nuages cotonneux comme des chamallows, dans un joli ciel bleu qui convenait mieux aux pique-niques qu'aux funérailles.

C'était très bizarre. Si la situation était propice à un double enterrement, elle aurait dû l'être aussi à un orage ? Le jour de ma mort, il y avait des nuages et il neigeait. Et je venais de me faire renvoyer. Et ma fête d'anniversaire avait été annulée. Un vrai désastre.

— ... une véritable tragédie que nous, simples mortels, ne pouvons comprendre.

Le pasteur prononçait enfin des paroles sensées. Je n'y comprenais rien et n'arrivais pas à m'empêcher de croire qu'il s'agissait d'une plaisanterie de mauvais goût. Par exemple, que le Thon avait organisé de fausses funérailles pour s'introduire chez moi et me piquer mes chaussures. Une fois de plus. Que mon père se trouvait sur un terrain de golf et se félicitait de sa bonne blague. Qu'ils n'étaient pas morts dans un stupide et banal accident de voiture. Mon père avait appuyé sur l'accélérateur au lieu de la pédale de freins, fonçant dans la benne d'un camion-poubelle à l'arrêt. La rencontre d'une force immobile et d'un engin de tôle froissable. Terminus pour mon père et le Thon.

L'autre Anthonia que je connaissais, un pseudo-loup-garou, avait disparu avec son amant, George – euh, Garrett –, un jour après Sinclair. Ce n'était pas étonnant. Même si Anthonia ne se transformait pas en loup durant la pleine lune – ce qui la complexait beaucoup au sein de sa meute et l'avait menée jusqu'à nous –, elle restait un loup-garou qui avait soif de liberté.

Avant de partir, elle s'était plainte de violentes migraines. Au lieu de se transformer, elle pouvait voir l'avenir, mais les visions n'étaient pas toujours très claires et bienvenues. Elle était devenue encore plus mal lunée que d'habitude et avait refusé de parler de ce qui la tracassait. Dans ces moments-là, Garrett était le seul à la supporter.

Parlons un peu de ce dernier. Nostro, l'ancien roi des vampires – l'affreux que Sinclair et moi avions tué –, aimait affamer les vampires nouveau-nés. Ils devenaient alors sauvages. Pire : ils ressemblaient à des animaux qui avançaient à quatre pattes et ne prenaient jamais de douche. On aurait dit des pit-bulls enragés. Des pit-bulls enragés de quatre-vingt-dix kilos.

Laura, Sinclair et Tina avaient voulu que je les tue. J'avais refusé : c'étaient des victimes. Ce n'était pas leur faute s'ils aimaient la chair humaine. Et apparemment, Dieu m'avait entendue. À force de boire mon sang – beurk ! – et celui de ma sœur

– mieux, mais écœurant quand même –, Garrett, alors connu sous le nom de George, avait recouvré son humanité. Il était même capable de ressentir de l'amour pour Anthonia.

Il semblait aller beaucoup mieux, à présent. Mais je n'en savais pas assez sur les Monstres ou les vampires – après tout, je n'en étais une que depuis un peu plus d'un an – pour retenter l'expérience. Alice, une vampire toute mignonne et super loyale, s'occupait des autres Monstres. Anthonia et Garrett, eux, me laissaient tranquille.

Peut-être que j'envisagerais bientôt de demander à Laura de laisser un deuxième Monstre sucer son sang. Mais ce n'était pas le moment.

Les voitures qui passaient à l'extérieur – satanée ouïe vampirique ! – détournaient mon attention de ce service insipide, mené par un pasteur qui n'avait visiblement jamais rencontré mon père ni sa seconde femme.

Je fus encore une fois frappée par le fait que, malgré les coups durs et les événements bouleversants, la vie – même après la mort – poursuivait son cours. Les gens continuaient d'aller au boulot en voiture. De se rendre au cinéma, chez le médecin, à l'aéroport, à l'école. Et aucun d'eux ne se trompait de pédale.

Je réprimai un éternuement, causé par l'odeur puissante des nombreuses fleurs – des chrysanthèmes, quelle horreur ! Surtout que le Thon détestait ça… –, mêlée à celle des fluides d'embaumement qui provenait des salles à l'arrière – et non pas de mon père et du Thon –, et de l'après-rasage en excès.

Puisque personne n'ose le dire, je vais le faire : être un vampire n'est pas si drôle que ça. Il était 21 heures ; pourtant, je portais des lunettes de soleil et ce pour plusieurs raisons. D'une, parce que la lumière artificielle, même si elle était faible, me piquait les yeux. De deux, si je croisais le regard d'un homme célibataire ou malheureux en mariage, il risquait de me baver dessus jusqu'à ce que je lui en colle une. Satané charme vampirique !

Ce qui m'agaçait le plus, c'était que, parmi les membres de ma famille – trois personnes en tout : ma mère, mon grand-père infirme, et ma demi-sœur –, Laura manquait à l'appel. Elle ne connaissait pas du tout mon père et venait à peine de rencontrer sa génitrice, le Thon – que le diable avait possédée le temps de sa grossesse avant de conclure que la maternité était bien pire que l'enfer –, alors elle s'était occupée des détails techniques comme la veillée et l'enterrement.

Cathie le fantôme avait également disparu. Pas pour très longtemps, m'avait-elle assuré d'un air nerveux. Elle n'était pas allée au paradis, ou du moins, à l'endroit où partent les esprits. Elle n'avait simplement jamais pris l'avion, ni quitté le Minnesota. Alors, elle avait décidé de voir le monde. Pourquoi pas, après tout ? Ce n'était pas comme si elle avait besoin d'un passeport. Et elle savait qu'elle serait toujours la bienvenue chez moi.

— Peut-être est-ce la manière du Seigneur de nous encourager à passer des tests de conduite tous les ans après cinquante ans…

Époussetant mon tailleur noir Versace, je baissai les yeux vers mes escarpins Prada de la même couleur. L'ensemble était parfait pour l'occasion, respectable. Le premier était un cadeau de Sinclair ; les chaussures m'avaient été offertes par Jessica à Noël, quatre ans auparavant. Si vous achetez des articles de qualité et que vous en prenez soin, ils sont presque éternels.

Le simple fait de penser à Jessica me donnait envie de pleurer. Je me sentis encore plus mal. J'assistais à un double enterrement sans verser la moindre larme, pourtant l'idée que ma meilleure amie souffre d'un cancer suffisait à me faire éclater en sanglots. Dieu merci, Marc, docteur aux urgences de Minneapolis, s'occupait d'elle.

Du moins, jusqu'à récemment. Une fois que Jessica avait été prise en charge, il avait également disparu. Ce détail était encore plus alarmant que les funérailles auxquelles j'assistais : Marc Spangler n'avait pas de vie. Il ne sortait avec personne. Il ne couchait pas avec n'importe qui. Son existence tournait autour de l'hôpital et des vampires.

Cela faisait des jours que j'essayais d'appeler son portable et que je tombais sur son répondeur ou ne recevais aucun signal. On aurait dit qu'il s'était exilé sur Mars.

— … le confort de longues années d'amour et d'affection mutuels…

Oh, pitié, achevez-moi ! La seule chose qu'ils avaient en commun, c'était le compte en banque. Le Thon avait passé des années à draguer mon père, puis l'avait tanné pour qu'il lui offre un manteau de fourrure. Il l'avait épousée pour le sexe, et elle pour l'argent. Et ainsi de suite. Aucun des deux ne s'était soucié des dommages qu'ils avaient infligés au cœur de ma mère et à son âme. Elle avait mis une bonne dizaine d'années à s'en remettre.

En parlant de cette chère docteur Taylor – docteur en histoire, spécialité : la guerre de Sécession ; plus spécifiquement, la bataille d'Antietam –, ma mère n'était pas là non plus. Je savais que mon père et elle n'étaient pas en bons termes depuis des années et qu'elle détestait franchement le Thon – croyez-moi, le sentiment était partagé à cent pour cent –, mais je pensais qu'elle serait au moins venue me tenir la main.

En réponse à mon invitation, elle avait haussé un sourcil blanc et m'avait cité du Kehlog Albren :

— « Parfois, même les meilleurs amis du monde ne peuvent pas assister aux funérailles de l'autre. » Et ton père et moi n'étions pas vraiment les meilleurs amis du monde, ma chérie.

Traduction : débrouille-toi, ma fille.

Elle aidait quand même à sa façon en s'occupant de Bébé Jon. Je comptais passer les voir après. Seuls l'odeur de talc de Jon et son sourire tout en gencives baveuses – enfin presque, il avait trois dents, à présent – pouvaient me remonter le moral.

Je soupirai en pensant à la maison vide qui m'attendait. Même Giselle, mon chat, était partie en vadrouille. D'habitude, ça m'était égal. Je ne le remarquais même pas. Mais me retrouver toute seule dans cette grande maison avait quelque chose d'effrayant. J'aurais aimé que Sinclair rentre. J'aurais aimé ne pas être en colère après lui et pouvoir l'appeler. Par-dessus tout, j'aurais aimé…

— L'enterrement aura lieu au cimetière Carlson, dit le pasteur. Si vous souhaitez suivre le cortège, allumez vos phares, s'il vous plaît.

… que tout soit terminé.

Je me levai et lissai mon tailleur noir en jetant un coup d'œil à mes escarpins et mes collants. Impeccable, de la tête aux pieds. J'étais l'image parfaite de la fille qui sait rester élégante malgré le deuil. Toutefois, je ne comptais pas accompagner mon père au cimetière. Tant pis pour les qu'en-dira-t-on. Ma pierre tombale s'y trouvait aussi.

Je suivis les gens à l'extérieur, pensant être la dernière à sortir, jusqu'à ce qu'un murmure m'arrête. Je me retournai vivement.

— Majesté ?

Je la reconnus aussitôt. N'importe quel vampire en aurait fait de même. J'étais censée la craindre, comme n'importe quel vampire aussi… sauf que ce n'était pas mon cas.

— Ah non, tu n'as pas intérêt à me griller, murmurai-je à Marjorie qui, sous son look de bibliothécaire – c'était son boulot –, était en fait une vampire vieille de huit cents ans.

Elle portait des chaussures marron à talons carrés – quelle horreur ! –, une jupe bleu marine, et un chemisier écru à froufrous. Des mèches grises parsemaient ses cheveux bruns et elle avait illuminé son teint pâle avec tout juste ce qu'il fallait de maquillage.

— Pardonnez mon intrusion, Majesté.

— Qu'est-ce que tu fabriques dans un funérarium, au juste ? Il y a probablement une pièce remplie de bibles dans les parages.

Marjorie grimaça en entendant le mot « bible », mais s'empressa de répondre :

— J'ai appris l'accident en lisant le journal, Majesté, alors je suis venue vous apporter mon soutien. Je regrette sincèrement la mort de votre père et de votre mère.

— Ce n'était pas ma mère, la corrigeai-je, par la force de l'habitude. Mais merci. C'est pour ça que tu traînes dans les parages ? pour m'apporter ton soutien ?

— Pour tout vous dire, je n'ai pas réussi à assister à la cérémonie.

Je faillis éclater de rire en imaginant Marjorie – sûrement la plus vieille vampire sur cette terre – battant en retraite dans le couloir, les mains sur les oreilles chaque fois qu'elle entendait « Jésus » ou « les voies du Seigneur sont impénétrables ».

Pour ma part, pardonnez mon manque de modestie, je pouvais écouter n'importe quel verset religieux, prière ou chant de Noël. L'avantage d'être la reine des vampires.

— Si vous avez besoin de quoi que ce soit, n'hésitez pas à m'appeler, insista-t-elle.

Bien sûr, Marjorie. J'adorerais me rendre dans le quartier des docks pour traîner dans la bibliothèque des vampires et feuilleter des bouquins vieux de mille ans encore plus déprimants que ma vie actuelle. J'évitais cet endroit comme la plupart des vampires fuyaient les églises. Même de mon vivant, je n'avais jamais été fan des bibliothèques.

Heureusement, Marjorie s'occupait de tout le travail fastidieux pour Sinclair et moi. Et, par chance, elle n'avait nulle intention de s'emparer du pouvoir. Elle avait vécu sous trois ou quatre rois différents – je crois… mes connaissances de l'histoire vampirique sont assez floues – et s'était contentée de parcourir ses étagères pendant qu'ils plongeaient leur peuple dans la terreur. Elle leur avait tous survécu. Je me demandai distraitement si ce serait également le cas de Sinclair et moi. Se souviendrait-elle de nous dans deux mille ans ?

Mais même si elle était rabat-joie, je devais admettre que j'étais contente de la voir. Quelqu'un avait fait l'effort de se déplacer ; tant pis s'il s'agissait d'une vampire.

— Est-ce que vous allez au cimetière ?

Pour revoir ma tombe ? Pas question ! À voix haute, je répondis :

— Il n'y a rien pour moi là-bas.

Marjorie sembla comprendre ce que je voulais dire et me fit une légère révérence tandis que je tournais les talons de mes ravissants escarpins et m'éloignais.

Chapitre 5

J'avais bien évidemment entendu la voiture s'engager dans l'allée de la maison – parfois, je perçois un criquet à des kilomètres à la ronde –, mais je pris mon temps pour ouvrir la porte, écoutant les coups frénétiques qu'on lui infligeait.

Finalement, fatiguée de ma propre agressivité passive, j'ouvris la porte d'entrée et passai à l'attaque.

— Merci de m'avoir soutenue à l'enterrement, maman. Ça m'a vraiment aidée. Avec toi à mes côtés, je ne me suis pas du tout sentie abandonnée, ni rien ! Avoir une épaule sur laquelle pleurer m'a réconfortée.

Ma mère me dépassa, croulant sous le poids du Bébé Bordel™, une marque déposée par Bébé Jon. Elle sentait le rejet de lait. Elle portait un pull-over bleu – en été ! – avec un pantalon violet et des ballerines. Ses cheveux bouclés étaient encore plus en bataille que d'habitude.

— Au fait, poursuivis-je d'une voix enjouée, tu as une tête à faire peur !

Elle ne releva pas.

— Un enfant n'a pas sa place dans un service funéraire, haleta-t-elle en se débattant avec tout l'attirail.

Incroyable... Ce gamin n'avait pas encore un an, mais il possédait déjà plus d'affaires que moi.

Ma mère me tendit Bébé Jon. Je le pris dans mes bras et l'embrassai sur le front. Même si j'étais en colère contre elle, j'étais heureuse de le voir.

— Tu as raté une sacrée fête, répondis-je sèchement.

— Je n'en doute pas. (Elle souffla pour éloigner les mèches blanches qui lui tombaient devant les yeux.) Ton père adorait faire la fête. C'est pour ça qu'il a été assez stupide pour descendre un magnum de champagne avant de jouer aux autos tamponneuses avec un camion-poubelle.

Ils avaient besoin de se changer les idées ; c'est éprouvant de donner des sommes folles à des œuvres de charité. Je m'arrêtai, réfléchis à ce que je venais de penser et le rangeai dans un coin de mon esprit. C'était encore trop tôt pour les blagues vaseuses. Ça ne faisait qu'une demi-heure qu'ils avaient été enterrés. Dans deux jours, en revanche...

— Tu vas bien, ma chérie ?

— Ah, parce que tu t'en soucies, maintenant ?

Quand elle grimaça, je faillis éclater de rire. J'avais vu la même expression dans mon propre miroir des dizaines de fois. Mais je restai de marbre.

— Tu as eu une dure journée...

— Qu'est-ce que t'en sais ? T'étais même pas là !

— Ma journée n'a pas été idyllique non plus, tu sais ? Alors réponds à ma question, jeune fille, ou tu vas vite te rendre compte que tu n'es pas trop vieille pour recevoir une fessée.

C'était hilarant, sachant que j'aurais pu briser le bras de ma mère simplement en lui soufflant dessus.

— Alors ? J'attends, insista-t-elle.

— J'ai oublié la question, marmonnai-je.

— Comment s'est passé l'enterrement ?

— Tu veux dire à part le fait que tous mes soutiens moraux, y compris ma chère maman ici présente, m'aient abandonnée au moment où j'avais le plus besoin d'eux ?

— Je crois que c'était plutôt le jour de ta mort, me corrigea-t-elle. Et les seules personnes qui t'ont abandonnée ce jour-là sont maintenant six pieds sous terre.

C'était la vérité, mais je n'étais pas d'humeur à suivre les règles de la logique.

— Tu aurais pu leur dire au revoir. Je sais que tu ne les aimais pas, mais quand même !

Et pourquoi est-ce qu'on se disputait dans l'entrée ? Peut-être que j'étais trop en colère pour jouer à la parfaite hôtesse, même auprès de ma mère, alors que d'habitude, je l'adorais. Comment aurait-il pu en être autrement quand elle m'avait accueillie à bras ouverts après mon retour d'entre les morts ?

— Il fallait bien que quelqu'un garde ton fils, rétorqua-t-elle. Et ce n'est pas comme si tu n'avais pas d'amis. Où sont-ils tous passés, d'ailleurs ?

— J'aimerais bien le savoir, marmonnai-je.

Pas question de lui dire que je m'étais disputée avec Sinclair. Elle l'adorait, peut-être plus qu'elle ne m'aimait, moi. Et elle se ferait trop de soucis à propos de Jessica. Elle connaissait à peine Marc et Laura, et les autres, pas du tout.

C'est alors que ses mots me frappèrent de plein fouet.

— Il fallait bien que quelqu'un garde mon quoi ?

— Jon.

— Hein ?

Elle désigna mon demi-frère du doigt, comme si j'avais oublié que je le tenais dans mes bras. Ce qui était le cas, d'ailleurs.

— Ton fils. La lecture du testament ? Hier ? Tu t'en souviens ?

— Tu sais très bien que je n'y suis pas allée. Mes ongles étaient dans un état lamentable et, de toute façon, le Thon n'aurait jamais laissé papa me léguer quoi que ce soit. Alors, je me suis offert une manucure.

Ma mère soupira. Ça me rappelait le collège, quand je lui annonçais que je devais rendre un devoir dans la matinée et que je n'avais pas encore commencé.

— S'ils venaient à mourir, tu étais la tutrice légale de Jon. Ils sont morts. Fais le calcul.

— Mais… Mais…

Bébé Jon gazouillait et gigotait. Il avait l'air bien trop heureux pour la circonstance. Quant à moi, je ne savais pas si j'étais contente ou horrifiée. Va pour horrifiée.

— Je n'ai jamais voulu un bébé de cette manière !

— Quelle manière ?

— Tu sais bien… Via la mort de quelqu'un.

Ma mère fronça les sourcils.

— Pardon ?

— Je veux dire que je voulais un enfant à moi. Le bébé de Sinclair et moi.

— Eh bien, maintenant, tu as celui-ci, répondit-elle, entièrement sourde à ma panique.

— Mais…

— Et tu as les moyens de l'élever correctement.

— Mais…

— Même si je ne peux m'empêcher de me demander… est-ce qu'il ne va pas confondre la nuit et le jour avec des parents comme vous ?

— C'est le plus gros problème qui te vient à l'esprit ? Parce que, personnellement, j'en vois une dizaine qui me paraissent beaucoup plus pressants.

— Ne crie pas, ma chérie. Je ne suis pas sourde.

— Je ne suis pas prête !

— Tu cries encore. Et personne ne l'est jamais vraiment, tu sais. (Elle toussa.) Fais-moi confiance.

— Je n'y arriverai jamais !

— On dit tous ça au début.

— Mais moi, c'est la vérité !

— Ça aussi, on le dit tous… pendant les vingt premières années.

Je lui tendis Bébé Jon comme si je lui passais un plateau de hors-d'œuvre.

— Prends-le !

— Chérie, j'ai presque soixante ans, je suis vieille.

— Pas du tout, c'est très jeune, rétorquai-je sur un ton frénétique.

Ma mère m'adressa un regard noir.

— J'ai déjà élevé un enfant, je te rappelle. Alors que toi, tu es éternellement jeune, tu as des revenus réguliers, une meilleure amie milliardaire, un fiancé formidable, tu es sa tutrice légale et liée à lui par le sang.

— Et ça fait de moi sa nouvelle mère ?

— Félicitations, c'est un garçon, me dit-elle en repoussant le bébé dans ma direction. (Il écarquilla ses grands yeux bleus en me voyant et sa bouche forma un « o » d'où coulait un filet de bave.) Je dois y aller, maintenant.

— Tu t'en vas ? demandai-je d'une voix suraiguë.

— Je suis censée rendre visite à ton grand-père à l'hôpital, cet après-midi. Tu te souviens de lui, ma chérie ? Tu te plains que les autres te négligent, mais…

— Je n'arrive pas à croire que tu m'abandonnes comme ça ! J'ai trois mots pour toi, très chère mère : maison de retraite. Tu as entendu ? MAISON DE RETRAITE ! criai-je alors qu'elle s'en allait.

Bébé Jon choisit ce moment pour vomir son lait sur mon superbe tailleur.

Chapitre 6

Quand le téléphone de la cuisine sonna, je me précipitai pour répondre, posant Bébé Jon au passage dans son lit parapluie – qui faisait partie du Bébé Bordel™ cité précédemment. Il se laissa tomber sur le dos et s'endormit aussitôt. La mort de ses parents était fatigante pour tout le monde.

Je me félicitai du fait qu'on ait acheté autant de trucs à sa naissance, dans l'espoir de le garder de temps en temps. Sauf qu'à l'époque on pensait juste faire du baby-sitting, pas l'élever jusqu'à l'âge adulte ! Dans tous les cas, grâce à mon côté prévoyant, nous avions à notre disposition des couches, des lits, du lait en poudre, des biberons, des couvertures et des barboteuses à ne plus savoir qu'en faire.

Le plus drôle dans l'histoire, c'est que le Thon avait commencé à se montrer plus chaleureuse envers moi seulement lorsqu'elle s'était rendu compte que Jon m'appréciait. Les premiers mois, il n'avait pas arrêté de pleurer à cause de la colique dont il souffrait – ou de l'affreuse décoration de sa chambre –, mais, dès que je le prenais dans mes bras, il se calmait. Quand le Thon s'en était aperçu, j'avais été désignée baby-sitter de service.

Sinclair n'avait pas été ravi. Toutefois, je refusais de penser à lui, sauf pour imaginer le sale quart d'heure qu'il allait passer s'il finissait par appeler.

Je devais admettre que la surprise que j'allais lui faire avec cet enfant me procurait un malin plaisir. Ça atténuait un peu la panique que cette soudaine responsabilité éveillait en moi.

Traversant la pièce d'un pas rapide, je décrochai le combiné à la sixième sonnerie.

— Allô ! Sinclair ? Connard ! Tu es où ? Allô !

— … peux pas… portable…

— Qui est à l'appareil ?

— … trop loin… ne peux… entendre…

La ligne grésillait tellement que je comprenais à peine ce qu'on me disait.

— Mais c'est qui, à la fin ?

— … inquiète… message… pays…

— Marc ? C'est toi ?

— … pas d'autre moyen… ne t'en… OK…

— Tina ?

— retour… de temps…

— Papa ? Si tu m'appelles de ton cercueil, ça va barder ! menaçai-je.

La tonalité retentit de nouveau. Je n'avais même pas entendu mon interlocuteur raccrocher.

Je m'assis à la table, en prenant bien soin de ne pas penser au nombre de fois où nous nous étions tous retrouvés là pour concocter des smoothies ou des cocktails, comme le queen betsy : une mesure d'amaretto, deux de jus d'orange, trois de jus de canneberge, sept de champagne. Le paradis dans un verre à cocktail.

Tout le monde est parti. Tout le monde, pensai-je. *Comment est-ce qu'ils ont pu me faire ça* ?

Bon, d'accord, Jessica avait une bonne excuse. Se battre contre un cancer à coups de chimio était un bon prétexte pour échapper aux obligations quotidiennes. Et l'inspecteur Berry… Bref, je n'avais pas vraiment envie de l'avoir à mes côtés. Il avait su, un jour fort lointain, que je m'étais relevée d'entre les morts. Et ce même jour fort lointain, je l'avais mordu et ça avait dégénéré. Sinclair avait arrangé les choses en lui effaçant la mémoire. Je n'avais pas vraiment envie qu'il mette les pieds dans le funérarium où il avait assisté à mon propre enterrement, un an auparavant.

Non, la place de Nick était auprès de Jessica lorsqu'il ne traquait pas meurtriers et petits délinquants.

Pareil pour Tina. Quand elle était partie à la rencontre des vampires européens, elle ignorait tout de ce qui allait se passer. Je ne pouvais pas lui en vouloir non plus.

Marc, en revanche… D'habitude, il n'avait pas de vie sociale, alors pourquoi choisir ce moment précis pour disparaître ? sans même appeler ou répondre à mes messages ?

Ma mère ? Comme si elle n'avait pas pu trouver quelqu'un d'autre pour garder Bébé Jon !

Sinclair ? Ce type était toujours au courant de tout, pourtant il ne s'était pas montré au double enterrement.

Laura ? Elle s'était rebellée contre sa mère, le diable, en devenant la personne la plus pratiquante que je connaissais – quand elle n'était pas occupée à massacrer des tueurs en série ou tabasser des vampires –, mais elle n'avait pas daigné se déplacer pour les funérailles de membres de sa famille ?

Cathie, la fantôme, qui faisait un putain de tour du monde ?

Anthonia ? Garrett ? D'accord, je ne les connaissais pas depuis très longtemps, mais ils vivaient dans ma maison – celle de Jessica, en fait – gratuitement. J'avais accueilli Anthonia à bras ouverts quand sa meute l'avait reniée. Alors qu'elle inspirait une peur bleue aux autres loups-garous. Quant à Garrett, je l'avais sauvé plusieurs fois de la menace du pieu. Ça ne les avait pas empêchés de m'abandonner tous les deux.

Quelle était leur excuse, bordel ? Ils étaient censés être mes amis, mon fiancé, ma famille, mes colocataires. Alors pourquoi est-ce que je m'énervais toute seule dans cette énorme baraque ? avec, pour unique compagnie, Bébé Jon qui ronflait dans un coin ? Et puis merde, à la fin ! Personne n'avait même pensé à m'envoyer des fleurs !

Ce n'était pas juste. Et ne me dites pas que la vie est ainsi faite. Les vampires le savent mieux que quiconque.

Chapitre 7

— Oh, Majesté ! hoqueta Tina d'une voix faible et attristée à l'autre bout du fil. Je suis terriblement désolée ! Mes plus sincères condoléances. Oh, vos pauvres parents ! Votre pauvre famille ! Je me souviens quand j'ai perdu les miens, la douleur est toujours aussi vive qu'au…

— Tina, on était en train de parler de moi, je te rappelle.

— En quoi puis-je vous être utile, Majesté ?

Je laissai échapper un soupir de soulagement. Malgré la semaine de dingue que je passais, certaines choses ne changeaient pas. Tina m'avait toujours traitée comme une reine. Elle mettait toute son énergie à servir les gens que Sinclair aimait. En fait, lors de notre première rencontre, elle avait même eu le béguin pour moi, jusqu'à ce que je clarifie la situation : « Plus hétéro que moi, tu meurs, chérie. » Depuis, notre relation avait été légèrement complexe : de souveraine à serviteur-amie-assistante. Elle se trouvait à l'étranger, mais elle, au moins, elle répondait à son putain de téléphone.

— Comment le roi a-t-il réagi ?

— Il ne réagit pas, c'est bien ça le problème.

— Je suis certaine qu'il trouvera un moyen bien à lui de vous réconforter, me rassura-t-elle. Vous savez aussi bien que moi qu'un homme aussi taciturne que lui peut avoir du mal à…

— Tina, tu as oublié l'anglais en arrivant en France ? Il ne réagit pas parce qu'il n'est pas là. Il a disparu. Pouf ! *Adios* !

— Mais… où ?

— Comme si je le savais ! Ces derniers temps, nous n'avons pas été très… euh… très proches. Il est parti il y a quelques jours…

— Et votre fierté vous empêche de l'appeler.

Je ne répondis rien. Rien du tout !

— Majesté ? Vous êtes toujours là ?

— Mon Dieu, bien sûr que oui ! rétorquai-je, prenant un malin plaisir à l'entendre grogner à cause du mot en « D ».

— Je vais l'appeler, dit-elle, visiblement contente de se rendre utile. Je vais lui sommer de vous rejoindre sur-le-champ ! Peu importe les… difficultés auxquelles vous êtes confrontés tous les deux. Le décès de membres de votre famille est bien plus important.

— Ça vaudrait mieux s'il compte me toucher pendant les cinq cents prochaines années, menaçai-je.

Pourtant, je me sentais déjà mieux. Tina était là pour moi – à distance – et allait s'occuper de tout. Elle ne resterait pas éternellement coincée en France.

Sinclair finirait par revenir. Marc réapparaîtrait de la dimension parallèle dans laquelle il avait glissé. La crise d'Anthonia allait passer et elle reviendrait à la maison, avec Garrett en laisse derrière elle. La chimio de Jessica viendrait à bout de son cancer et elle se dépêcherait de rentrer pour nous donner des ordres, comme elle avait pour habitude de le faire. Alors ma vie, avec ses bons et ses mauvais côtés, reprendrait son cours normal.

— Comment réagissent les autres ?

— Eh bien, tu vois…

Je me hissai sur le bar et m'installai confortablement avant de lui expliquer où se trouvait tout le monde. Ou du moins, ce que j'en savais.

Quand j'eus terminé, un long silence me répondit. Je le brisai d'un ton faussement enjoué :

— Bizarre, hein ?

— Putain de bordel à queue, marmonna Tina.

Je faillis tomber de mon perchoir. Tina, buveuse de sang très ancienne – elle avait transformé Sinclair, qui avait déjà plus de soixante-dix ans, c'est pour dire ! –, avait les manières d'une dame de la cour élisabéthaine et ne jurait pratiquement jamais. Elle restait polie en toute circonstance.

— Enfoirés de leur race, poursuivit-elle. Sales connards de conspirateurs de mes deux !

— Euh, Tina, j'ai l'impression d'entendre quelqu'un d'autre sur la ligne…

— Ils sont tous partis ? tous ?

— Eh bien, tu as mis du temps à comprendre, c'est ce que j'essaie…

— Depuis quand ?

Je jetai un coup d'œil à ma montre, ce qui était stupide puisqu'elle ne donnait pas la date.

— Presque une semaine.

— J'appelle le roi.

— Tu me l'as déjà dit. Très bien, appelle-le, mais il ferait mieux de ne pas se montrer sans un bouquet de fleurs. Ou des diamants. Ou des Beverly Feldman, tiens ! Les ballerines rouge et or iront très bien…

— Ma reine, promettez-moi de ne pas quitter la maison. Promettez-moi…

— Hein ? De quoi est-ce que tu parles ? (Long silence.) Tina ?

Rien. Retour à la tonalité. Une fois de plus.

Haussant les épaules, je reposai le combiné du téléphone. Si les Français n'arrivaient déjà pas à s'entendre pour gagner une guerre, je ne pouvais pas m'attendre à ce qu'ils sachent faire fonctionner des lignes téléphoniques.

Je résoudrais ce mystère un autre jour. Pour l'instant, je devais mettre au point un planning pour nourrir mon fils – au secours ! –, rendre visite à Jess, qui voudrait que je lui raconte tous les détails sanglants, et laisser un nouveau message à Marc. La soirée promettait d'être longue, et il n'était que 21 heures.

Chapitre 8

— Tu as une tronche de déterrée ! complimentai-je ma meilleure amie d'un air enjoué.

— Va te faire voir, rétorqua-t-elle avant de tousser.

Sa peau noire, d'habitude rayonnante, tirait davantage sur le gris que sur l'ébène. Toutefois, elle paraissait cent fois mieux que trois jours plus tôt. Ils avaient arrêté la chimio, et elle commençait à se remettre.

Le problème de la chimiothérapie, c'est qu'il s'agit d'un poison qui tue les cellules, saines comme cancéreuses, sans aucune distinction. Jessica m'avait déjà dit que la maladie n'avait pas beaucoup d'effet sur elle, si on ne comptait pas la fatigue. C'était le remède qui l'avait foutue en l'air : vomissements, nausées incessantes, perte de poids… Et s'il y avait bien quelqu'un qui n'avait pas besoin de maigrir, c'était la filiforme Jessica. N'était-ce pas dingue, franchement ? Dans quelques centaines d'années, les docteurs se moqueraient de notre méthode barbare de « soigner » le cancer. À ce stade-là, autant sortir les sangsues !

— Je te préviens, si tu vomis, je me casse.

Je me laissai tomber sur la chaise près de son lit et m'installai confortablement, Bébé Jon posé contre mon épaule.

— Je n'ai pas vomi depuis l'heure du dîner. Et ce n'était pas ma faute, c'était la soirée viande en sauce.

— Personne ne peut t'en vouloir, alors.

— Les préparatifs du mariage avancent ?

— Ils ont été mis en suspens momentanément, avouai-je.

Parce que vous m'avez tous abandonnée.

— Quoi ? Mais Bets, il faut que tu choisisses une robe ! Et les fleurs… La fleuriste va péter une durite ! Tu dois aussi prendre rendez-vous avec le traiteur pour les dernières dégustations ! Et…

— Je m'en occuperai, ne t'inquiète pas. On a encore le temps.

— Il ne reste plus que deux semaines. Éric ne t'aide pas du tout ?

— Il a disparu. Je suppose qu'il boude encore.

— Oh, Betsy ! s'écria-t-elle avant de tousser. Appelle-le et excuse-toi !

— Pourquoi moi ? m'exclamai-je, suffisamment fort pour déranger Bébé Jon, qui se rendormit aussitôt. Je n'ai rien fait du tout ! C'est lui qui est parti bouder sans rien dire. Comme si j'avais besoin que le marié se fasse la belle !

— Il reviendra, m'assura-t-elle. Il est incapable de rester loin de toi trop longtemps. Il ne peut pas te quitter, c'est impossible. Tu t'es insinuée en lui comme un virus.

— Merci. C'est tellement romantique que ça me donne envie de pleurer.

— Ah, non ! Nick m'a déjà fait le coup des larmes tout à l'heure.

— On parle bien de Nick Berry ? l'inspecteur fort et courageux qui attrape des tueurs en série ?

— En vérité, c'est Laura, Cathie et toi qui avez attrapé le meurtrier.

— Oui, mais il nous a aidées. Il est venu à la maison pour nous mettre en garde.

— Il m'a fait promettre de ne pas mourir, dit-elle en croisant les bras derrière la tête d'un air extrêmement satisfait. Et je lui ai fait promettre la même chose. Comme ça, c'est réglé.

— Je peux t'emprunter ton bassin émétique ? lui demandai-je poliment.

— La ferme, ô reine des vampires ! Je suis la seule qui ait le droit de vomir, c'est la nouvelle règle.

Je souris de toutes mes dents. Pourtant, je ne pus m'empêcher de ressentir une pointe de jalousie. C'était complètement stupide, mais… au départ, Nick s'était intéressé à moi. Je pensais qu'il avait invité Jessica à sortir avec lui pour se rapprocher de moi. En fait, je prenais simplement mes désirs pour des réalités.

J'étais extrêmement contente pour Jessica. Mais j'étais vexée à l'idée que Nick se soit si vite remis de son attirance contre nature pour moi. Ça aussi, c'était stupide. Après tout, si Sinclair lui avait fait oublier que j'avais bu son sang, c'était justement pour qu'il ne se souvienne de rien. Sans parler du fait que j'avais dans mon lit le plus sexy et le plus intelligent des vampires du monde.

Du moins, quand il voulait bien me parler.

— Pourquoi est-ce que tu as amené le bébé ?

— Tu ne vas jamais me croire.

Jessica se couvrit les yeux.

— Ne me dis pas que tu es sa tutrice légale…

— Dans le mille !

Elle releva la tête.

— Pourquoi est-ce que tu fais cette tête ? Tu veux un enfant depuis que tu es revenue d'entre les morts.

— Oui, mais pas de cette façon ! Beurk, quoi ! Camion-poubelle et parents incinérés ? C'est dégoûtant !

— Dans tous les cas, il y a bien assez de place dans la maison pour un bébé. Tu es folle de lui et il n'aime que toi ou presque. Alors, tout va pour le mieux. (Elle s'interrompit.) Désolée, ce n'est pas ce que je voulais dire.

— Ne t'en fais pas. Ça me fait toujours plaisir de voir quelqu'un d'autre mettre les pieds dans le plat. Ça change. C'est fatigant, tu sais ?

— Ah bon ? me demanda-t-elle d'une voix mielleuse. On ne dirait pas pourtant.

— Crève.

— Tu vois ? Tu recommences !

Je ne répondis pas. Au lieu de ça, je secouai Bébé Jon pour le réveiller. Puisque je pionçais toute la journée et que j'étais toute seule à m'occuper de lui, s'il pleurait pendant mon sommeil, je ne pourrais rien faire pour lui. Ce bébé allait devoir vivre la nuit, un point c'est tout.

— Tu ferais mieux de commencer à chercher une nounou pour la journée, fit remarquer Jessica.

— Il y a déjà une centaine de personnes qui travaillent à la maison ! On a vraiment besoin de quelqu'un d'autre ? Comment est-ce qu'on pourrait lui cacher nos habitudes étranges, en plus ?

— Et si tu prenais une nounou vampire ?

Je réfléchis en silence. Je n'y avais même pas pensé.

— Impossible, répondis-je finalement. Tous les vampires ont besoin de dormir durant la journée.

— Mais Marc et moi, on est souvent là la journée, Cathie et Anthonia aussi.

Je ne dis rien. Elle avait déjà assez de problèmes sans que je lui apprenne que tout le monde m'avait laissé tomber.

— Un très vieux vampire, peut-être ? Sinclair peut rester éveillé une grande partie de la journée. Refile le bébé à un buveur de sang septuagénaire !

— Bien sûr, quel honneur ! « Hé, l'ancien, ça te dérangerait de changer les couches pleines de merde de mon demi-frère ? N'oublie pas de le faire roter avant la petite sieste. Et surtout, ne bois pas son sang frais et sucré de nouveau-né. »

— Areuuuh, acquiesça Bébé Jon.

Il tourna la tête pour faire une sympathique grimace à Jessica. Il devenait de plus en plus mignon. À sa naissance, il ressemblait à un poulet déplumé en colère. Depuis, il avait pris du poids et avait des jambes et des bras grassouillets, un ventre tout rond et un sourire éclatant. Ses cheveux noirs partaient dans tous les sens. Jessica lui rendit son sourire. Elle ne pouvait pas s'en empêcher.

— Je commence à tomber sous son charme.

— Fais attention à ne pas te faire mal.

Soudain, la porte s'ouvrit pour révéler l'infirmier de nuit. Heureusement pour moi, il s'agissait d'un homme.

— Je suis désolé, mademoiselle, mais les visites sont terminées depuis une heure.

Je fis glisser mes lunettes de soleil sur mon nez avant de m'adresser à lui :

— Va te faire voir. Je peux rester aussi longtemps que je veux.

— Ce ne sont pas les droïdes que vous recherchez, ajouta Jessica en imitant la voix d'Obi-Wan Kenobi.

Alors, l'infirmier se retourna comme un robot rouillé et s'éloigna d'un pas rigide.

Je posai les pieds sur le lit de Jessica et m'installai un peu plus confortablement. Bébé Jon se mit à gigoter. Pour le calmer, je le posai sur le lit. Il s'agita un moment avant de s'allonger sur le dos et de mettre son pouce à la bouche. Il ne quittait pas mon visage de ses grands yeux bleus.

— Alors, dis-moi tout, comment c'était, les funérailles ?

— Épouvantable. Un ramassis de conneries.

— Comme le Thon quand elle était encore en vie, quoi ?

J'éclatai de rire pour la première fois depuis deux jours. Mon Dieu, je l'aimais tellement ! La chimio avait intérêt à marcher. Sinon, je ne répondais pas de mes actes.

Chapitre 9

Le téléphone sonna. À 1 heure du mat' ! Je me précipitai pour répondre.

— Sinclair ? Allô ! Sale connard, où est-ce que tu étais… ?

— Est-ce que je m'adresse au chef de la tanière d'Anthonia ? demanda une voix grave et masculine.

J'étais sidérée. Décidément, c'était la semaine des coups de fil bizarres, des meilleures amies qui vomissaient et des funérailles complètement à l'ouest.

— Quelle Anthonia ?

— La seule et unique : grande, mince, brune, yeux marron, loup-garou incapable de se transformer ?

— Oh, celle qui est en vie ! Oui, c'est bien sa… tanière.

— Expliquez-vous.

J'avais d'énormes difficultés à suivre la conversation.

— Que j'explique quoi ?

— Elle n'est pas venue se présenter ce mois-ci. En tant que chef de meute par procuration, vous en êtes responsable.

— Responsable de quoi ?

— De sa sécurité.

— Par procuration, qu'est-ce que ça veut dire ?

— Ne faites pas semblant d'être stupide, vampire.

— Je ne fais semblant de rien, moi ! Et comment est-ce que vous savez que je suis… Je veux dire : qui est-ce que vous traitez de vampire ?

— J'ai autorisé Anthonia à venir habiter dans votre tanière sous plusieurs conditions. Vous êtes en train d'enfreindre l'une d'elles.

— De quelles conditions est-ce que vous… ?

— Livrez-la-nous immédiatement si vous ne voulez pas en payer les conséquences.

— La livrer ? Ce n'est pas un colis postal ! Vous êtes qui, à la fin ?

— Vous le savez très bien.

— Pas du tout, mon pote.

— Vous ne m'aurez pas en jouant les imbéciles.

— Mais je ne joue pas, moi ! m'écriai-je. Vous êtes qui et vous parlez de quoi, putain ?

Il y eut une longue pause, ponctuée par une respiration saccadée. Génial. Un pervers qui me faisait une blague.

— Très bien, grogna la voix grave. (Un vrai grognement ; j'en eus la chair de poule.) Puisqu'il en est ainsi, vous subirez les conséquences.

« Clic. »

Ça commençait à être lourd.

J'observai le téléphone devenu silencieux avant de le lancer contre le mur suffisamment fort pour le mettre en pièces.

Chapitre 10

Le lendemain, après avoir donné son biberon de 22 heures à Bébé Jon, lui avoir fait faire son rot et l'avoir déposé dans son parc dans la cuisine, je sortis le nouveau téléphone de son emballage – merci les magasins ouverts 24h/24.

Je venais à peine de l'installer et de placer le combiné lorsque la sonnerie retentit. Sans rire. Je fis un bond de deux mètres avant de décrocher.

— Qui c'est, cette fois ?

— Seulement moi, Majesté.

— Tina ! Je t'entends de très loin. Tu es toujours en France ?

— Oui, toujours. Mais le pire dans tout ça, c'est que je n'ai pas réussi à mettre la main sur le roi.

À lui mettre la main où ? fut la pensée saugrenue qui me vint à l'esprit.

— Hein ? demandai-je.

Décidément, c'était le mot de la semaine.

— En plus de soixante-dix ans, c'est la première fois qu'il ne répond pas à un appel, une lettre, un télégramme ou même un fax.

— Eh bien, il était plutôt grognon quand il est parti.

— Grognon ?

Tina laissa échapper un ricanement peu féminin. C'était aussi étonnant que lorsqu'elle jurait comme… euh, comme moi.

— Je n'aime pas ça. Je n'aime pas ça du tout. Je vais prendre le prochain vol.

— Et les vampires européens alors ?

— Qu'ils aillent au diable, autant qu'ils sont ! Notre problème est plus pressant. De toute façon, il n'y a pas grand-chose à faire ici. Depuis votre petite démonstration de puissance, il y a quelques mois, vous les terrifiez complètement.

Avec un sourire satisfait, je frottai mes ongles sur mon débardeur. Elle n'essayait même pas de me flatter, c'était la vérité : ils m'avaient vue prier, et ça avait suffi à les convaincre.

— Le prochain vol ? Comment est-ce que tu vas faire ? Ça ne prend pas vingt heures ? en partie pendant la journée ?

— Je vais voyager de façon traditionnelle, bien sûr. En soute, dans un cercueil. Nos semblables se chargeront de falsifier un certificat de décès et de régler toutes les autres tâches administratives.

Avec un frisson, je remerciai de nouveau le ciel d'être la reine et non pas un vampire ordinaire. Ne vous méprenez pas, j'aurais préféré être toujours en vie, mais quitte à être morte…

— Ça craint !

— Les récents événements sont hautement suspects. Le roi ne resterait jamais éloigné aussi longtemps…

— Ça ne fait que quelques jours…

— … et il répond toujours à mes messages, d'habitude. Ça ne présage rien de bon.

— Il ne veut pas porter le costume bleu marine que je lui ai choisi ? proposai-je.

— Majesté. C'est sérieux.

Je haussai les épaules, oubliant qu'elle ne pouvait pas me voir.

— Si tu le dis.

— N'ouvrez pas la porte jusqu'à mon retour. Ne contactez aucun de ceux qui ont disparu. Ne répondez pas au téléphone à moins que vous ne voyiez mon numéro s'afficher. (Son ton servile avait disparu ; elle avait emprunté celui d'un général qui réfléchit rapidement et donne des ordres.) Vous comprenez, Majesté ?

— Oui, oui. Du calme.

— Je me calmerai lorsque j'aurais embroché quelques têtes, siffla-t-elle. Et gare aux connards qui essaieraient de se mettre sur ma route !

— Beuuurk !

— Je vais embrocher des têtes.

— Pas la peine de répéter, j'avais compris.

Elle raccrocha sur cette touche de gaieté.

Chapitre 11

Je désobéis à l'une de ses règles moins de vingt-quatre heures plus tard. La faute au manque de sommeil. Malgré trois jours d'efforts, Bébé Jon avait encore du mal avec le concept de rester éveillé la nuit. Mais moi aussi, pour être franche.

Rien d'étonnant. Le Thon – Satan ait son âme – l'avait souvent confié à des baby-sitters de nuit qui l'avaient encouragé à dormir pour avoir la paix.

J'attrapai le téléphone à côté de mon lit sans regarder l'affichage du numéro.

— Hmm… Allô !

— … peux… entendre…

Cette fois, je reconnus la voix saccadée.

— Marc ! Où es-tu passé, bon sang ?

— … peux pas… faire… tomber…

— Tu es blessé ? Tu as des problèmes ?

— … problèmes… baisé… mort.

— Oh, mon Dieu ! m'écriai-je, soudain parfaitement réveillée. (Je jetai un coup d'œil au réveil sur la table de chevet : 16 h 30. Bébé Jon ronflait dans son berceau.) Tu es vraiment dans la merde ! Tu as accès à un ordinateur ? Tu peux m'envoyer un e-mail ? Pourquoi est-ce que tu ne réponds pas à mes messages ? Dis-moi où tu es et je viendrai te chercher !

Avec un bébé sous le bras, manquai-je d'ajouter.

— … peux pas… t'inquiète… problèmes…

— Où es-tu ? hurlai-je.

— … soir… nuit… viens…

— Je vais venir, ne t'en fais pas ! Mais où es-tu ?

— … vois… étoiles…

— Marc ?

— … inquiète…

— Marc ?!

Seule la tonalité me répondit.

J'en avais assez. Ras-le-bol ! Je rejetai les couvertures de mon lit trop grand pour moi toute seule en essayant de ne pas penser au fait que les choses devenaient carrément bizarres – plus facile à dire qu'à faire –, avant de m'habiller à la vitesse de l'éclair.

Je soulevai Bébé Jon de son lit, mouillé et à demi endormi. Il bâilla. Je le changeai à allure vampirique – il parut surpris mais amusé –, attrapai le sac à langer et me dirigeai d'un pas décidé vers la porte de la chambre pour me rendre à l'hôpital de Minneapolis, dans le service de cancérologie. Je désobéissais à la deuxième règle, pourtant je m'en moquais royalement. J'étais la redoutable reine des vampires, les règles du peuple ne s'appliquaient pas à moi. Pas question ! J'étais…

Mon ordinateur bipa. Enfin, celui de Sinclair. Pourquoi aurais-je besoin d'un ordinateur dans ma chambre alors qu'il y avait neuf bureaux dans la maison ? La machine ne s'était pas manifestée depuis des jours, donc je ne pus m'empêcher de l'observer sans rien dire un long moment. Il sonna de nouveau. Je me précipitai, sans prêter attention à Bébé Jon qui braillait, et vis l'icône qui annonçait : « Vous avez un nouveau message. »

Pleine d'espoir, je cliquai sur la fenêtre. Sinclair avait configuré la machine pour que je puisse m'en servir quand je le voulais. Il savait qu'elle se trouvait dans notre chambre et que j'entendrais le signal n'importe où dans la maison. Il ne pouvait donc s'agir que de…

Ma sœur, Laura.

Grognant, je parcourus son e-mail.

Betsy,

Je suis terriblement désolée de ne pas avoir pu assister aux funérailles de ton père et ma mère. Comme tu le sais, je me suis occupée de l'organisation de la veillée et de l'enterrement. J'ai aussi aidé ta mère avec le bébé. Même si je n'ai pas pu faire autrement, je m'en veux d'avoir été absente. J'espère te voir bientôt. N'hésite pas à m'appeler si tu as besoin de quoi que ce soit ou si tu as des ennuis.

Que Dieu te garde,
Ta sœur qui t'aime,
Laura

« Ceux qui connaissent ton nom se confient en toi. Car tu n'abandonnes pas ceux qui te cherchent, ô Éternel. » (Psaumes 9-10)

— Oui, oui, répondis-je à voix haute. Ça me fait une belle jambe.

Mais je ne le pensais pas vraiment. Enfin quelqu'un qui n'avait pas oublié mon existence, quitté le pays ou disparu. Ou chopé un cancer.

Ou si tu as des ennuis ? Que voulait-elle dire par là ? On aurait dit qu'elle savait que la situation devenait de plus en plus bizarre à mesure que le temps passait. Ce qui était évidemment impossible. Je l'avais vue la veille des funérailles et nous avions seulement parlé du Thon, pas de Jessica, Marc, Sinclair, Anthonia et Garrett…

Je refoulai cette pensée. Laura ne faisait pas partie des gens pour lesquels je devais m'inquiéter. Même si, selon le *Livre des Morts*, elle était destinée à conquérir le monde.

C'était une fille bien – quand elle ne massacrait pas des vampires sans le moindre effort – avec la tête sur les épaules et un cœur d'or – quand elle n'éliminait pas des meurtriers en série –, vraiment une fille bien – même si c'était la fille du diable.

Et alors ? Merde à la fin !

Je le répétai à voix haute pour l'imprimer dans mon esprit :

— Et alors ? Merde à la fin !

— Areuuuh ! acquiesça Bébé Jon en me donnant un coup de pied couvert par son pyjama.

— Paré pour l'aventure, petit frère ?

— Areuuuh !

— Génial. C'est parti, mon kiki !

Chapitre 12

J'avais tellement pour habitude de raconter tous mes malheurs à Jessica – je le faisais depuis le collège – que je fus choquée de voir un attroupement de docteurs et d'infirmières autour de son lit. Ils la dissimulaient complètement et m'empêchaient de m'approcher pour lui parler. D'habitude, il n'y avait qu'une seule infirmière qui passait pour changer ses poches de liquide mortel.

Nick se tenait en retrait et serrait tellement les mâchoires que les muscles de ses joues tressaillaient.

— Ils recommencent la chimio, me dit-il d'un ton morne quand il m'aperçut. C'est la nouvelle attraction à la mode. Tout le monde a été invité à la petite fête.

— Mais… (Choquée, je changeai Bébé Jon d'épaule, priant pour une fois de ne pas le réveiller.) Elle vient juste d'en finir une !

— C'est un cancer difficile à tuer.

— Mais… mais… j'ai… des choses à lui raconter.

Prudence, me rappelai-je. Nick était perturbé, pas la peine de lui donner des raisons de croire que quelque chose allait de travers dans la maison des vampires.

— Je suis venue lui parler, je veux dire.

— Tu vois bien que c'est impossible.

Visiblement distrait, il passa la main dans ses épais cheveux blonds. Malgré son costume froissé et une tache de ketchup sur sa chemise bleu marine, il valait le coup d'œil : bâti comme un nageur, avec de longues jambes, des traits norvégiens – des pommettes taillées à la serpe – et des yeux bleu glacier. Avant que je meure, il avait été pour moi ce qui se rapprochait le plus d'un petit ami. Et pour être franche, nous n'avions pas été très proches. Une relation amicale plus qu'une véritable amitié.

Laissez-moi reprendre depuis le début : les Monstres m'avaient attaquée à la sortie de *Chez Khan*, un barbecue mongol, bien avant que je fasse leur connaissance. Et en bonne citoyenne, j'avais fait un rapport à la police. Nick m'avait montré des photos de criminels et on avait partagé un MilkyWay. Ça s'était arrêté là. Quelle belle histoire d'amour ! Ce n'était qu'après mon retour d'entre les morts – grâce à la Pontiac Aztek qui m'avait réduite en bouillie – que j'avais tout compris.

Nick n'en savait rien, évidemment, et je ne comptais pas l'en informer.

— Ils refusent qu'on lui parle, dit-il en me ramenant violemment à la réalité. Mais, moi, j'ai deux mots à te dire.

Je compatis aussitôt. J'aimais Jessica autant que Sinclair et mes Manolo Blahnik. Mais Nick et elle s'étaient beaucoup rapprochés en l'espace de quelques mois. Ça ne devait pas être facile pour lui non plus.

— Bien sûr, mon pauvre petit Nick. (Je le pris par le bras pour le mener dans le couloir.) Qu'est-ce qui te tracasse ?

— Viens par là, me dit-il en désignant une autre chambre. (Je le suivis. La pièce était vide.) Pose le bébé sur le lit.

Surprise, je m'exécutai. Dieu merci, Bébé Jon n'eut aucune réaction. Nick avait-il besoin de réconfort ? Avait-il… oh non ! Et s'il me faisait une proposition indécente ? Peut-être que, finalement, il sortait vraiment avec Jessica pour m'atteindre ! Oh mon Dieu ! Et moi qui pensais que la situation ne pouvait pas empirer ! Devais-je le laisser parler ? ou l'assommer ? le tuer et raconter à Jessica qu'il avait été renversé par un bus ?

Je me tournai lentement vers lui.

— Nick, écoute, je ne crois pas que tu sois en mesure de réfléchir…

Je m'interrompis en sentant un objet dur et froid contre ma gorge.

Son Sig Sauer 9 mm. Comme quoi, ça servait d'avoir une mère experte en armes à feu.

— Tu ne sors pas avec Jessica pour te rapprocher de moi, hein ? réussis-je à articuler.

J'étais sidérée par le fait qu'il ait pu dégainer son arme de service et la pointer sur moi sans que je m'en rende compte. J'étais incapable de bouger, et encore moins de repousser le revolver. Mais ce qui me choquait le plus, c'était son regard, empli d'une rage sans bornes.

— Betsy, je t'aime beaucoup. Avant ta mort déjà, je t'appréciais énormément. Mais si tu laisses Jessica mourir, je n'hésiterai pas à te faire sauter la cervelle. Je viderai mon chargeur entre tes jolis yeux verts. Je ne sais pas grand-chose à propos des vampires, mais je parie que tu auras du mal à faire repousser ton cerveau. Même s'il ne doit pas être bien gros.

Je le regardai, bouche bée. Le pistolet ne bougea pas.

— Tu… tu savais ? (Dès que Jessica serait remise de cette nouvelle séance de chimio, j'allais la tuer.) Et qu'est-ce que tu veux dire par « pas bien gros » ?

— Bien sûr que je savais ! répondit-il à bout de patience. Je suis au courant depuis la déposition de ce chauffeur de taxi, tu te souviens ? Une très belle blonde qui pourchassait un vampire et avait soulevé une voiture avec deux doigts ?

— Mais, mais, mais…

— Pourquoi est-ce que je n'ai rien dit ? Parce que vous vous donniez beaucoup de mal pour me le cacher. Si Jessica voulait que je le sache, elle m'en aurait parlé. Et j'aurais très bien pu attendre qu'elle se décide. Mais voilà que ce machin lui tombe dessus. Alors j'en ai eu marre d'attendre. Au cas où tu n'aurais pas entendu la première fois, je vais me répéter : si tu te contentes d'observer sans intervenir, je te ferai regretter le jour de notre rencontre.

— C'est déjà fait, gargouillai-je. (Il appuyait le canon de son flingue un peu trop fort.) Je lui ai déjà demandé l'autorisation de la transformer.

— Alors qu'est-ce que tu attends ? qu'elle vomisse jusqu'à en mourir, comme une anorexique ? qu'elle souffre davantage ? qu'elle s'ouvre les veines pour toi ? que la chimio détruise encore plus de cellules saines ?

— Aïe ! (Il mettait vraiment trop de force dans son arme.) Je n'attends rien du tout, Inspecteur Maboul. Elle a refusé. Je ne peux rien y faire.

— Et alors ? Tu es plus rapide et plus forte que nous tous. Tu peux nous persuader ou… effacer notre mémoire.

J'aurais dû me mettre en colère, pourtant je ne pouvais m'empêcher de ressentir de la gêne. Mon cœur eut un soubresaut. Nick avait l'air amer, très amer.

Il se pencha vers moi, pour se retrouver à quelques centimètres de mon visage. Alors que j'avais les yeux écarquillés par l'étonnement, les siens n'étaient plus que deux fentes bleues courroucées.

— J'ai cru devenir fou, tu sais ? Je n'ai pas arrêté de rêver de toi pendant des mois. Chaque nuit, tu me mordais et… j'adorais ça. J'en avais besoin.

— Je ne savais pas, soufflai-je. C'était nouveau pour moi. Ça l'est toujours, d'ailleurs. J'ignorais ce que je te faisais subir. J'aurais tout donné pour arranger les choses, mais je ne savais pas comment m'y prendre. Alors, un vampire plus âgé s'en est occupé.

— Je sais très bien qui s'en est occupé, rétorqua-t-il. Je rêve aussi de lui. De lui faire sauter la cervelle avec mon flingue pour avoir osé s'introduire dans mon esprit pour le foutre en l'air. Je rêve de le faire flamber. La plupart du temps, j'ai peur de m'endormir.

— Nick, je suis dés…

— Tu sais qui a réussi à me guérir ? Ta meilleure amie. Celle qui est en train de mourir. Alors, tu vas t'occuper d'elle comme ton connard de petit copain s'est occupé de moi, pigé ?

J'aurais pu repousser son arme. J'en étais sûrement capable. Certainement. Mais j'avais le mauvais pressentiment qu'il avait les doigts crispés sur la détente. J'avais survécu à des flèches dans la poitrine, un pieu et même une balle dans le cœur. Mais un chargeur de Sig Sauer dans la tête ? Je ne savais pas du tout à quoi m'attendre. Et je n'avais pas l'intention d'en faire l'expérience. La semaine avait été suffisamment étrange sans qu'en plus je me fasse tirer dessus.

Et puis qui s'occuperait de Bébé Jon si je perdais la moitié de ma tête ? *Il faut que j'écrive un testament*, pensai-je soudain. *Est-ce que c'est possible, alors que je suis déjà morte ? Peut-être que Marjorie saura m'aider. Mais à qui pourrais-je confier Bébé Jon ?*

— J'attends, murmura-t-il.

— Nick, tu as vraiment pété un câble, tu sais ?

— Que veux-tu ? répondit-il d'un air enjoué. Je suis amoureux !

— Je vois ça.

J'aurais pu utiliser mon charme vampirique, mais j'avais mes lunettes de soleil. Je doutais qu'il m'accorde la seconde qu'il me fallait pour les enlever.

— Écoute Nick, je te l'ai déjà dit deux fois : je ne peux pas…

Il m'interrompit en souriant.

— Est-ce qu'on s'est bien compris, Betsy, ma douce, femme fatale avec un corps à se damner, des jambes interminables et des yeux verts dans lesquels on pourrait se noyer ? On s'est bien compris ?

— J'ai entendu ce que tu m'as dit, inspecteur. Mais le choix ne m'appartient pas. C'est à elle de décider. Pas à toi. Maintenant, éloigne ce flingue avant que je ne te le fasse bouffer.

Il m'adressa un grand sourire dépourvu d'humour avant de baisser son arme et de la rengainer. Son regard était toujours impassible.

— Je suis content de t'avoir revue, Betsy, dit-il d'un air enthousiaste.

Il me tint même la porte pendant que j'attrapais Bébé Jon et me dépêchais de sortir de la pièce. Je n'arrivais pas à décider ce qui était le plus effrayant : sa colère froide ou sa fausse – il ne pouvait pas en être autrement – bonne humeur.

Qu'est-ce qui leur arrivait, à tous, putain ?

Chapitre 13

Sur le chemin du retour, je haletais malgré moi. Et comme je n'avais pas besoin de respirer, ça me fit tourner la tête. Alors, j'essayai de retenir mon souffle pendant cinq minutes, histoire de me calmer. Ça fonctionna. Un peu.

Nick savait ? un flic de Minneapolis savait que j'étais une vampire et que mon fiancé en cavale en était un aussi ? Combien d'autres policiers étaient au courant ? Et même s'il était le seul – ce qui était déjà trop –, que se passerait-il s'il apprenait qu'Anthonia était un loup-garou, à supposer que cette lâcheuse réapparaisse un jour. Et Garrett ? Et si l'état de Jessica empirait, ou pire, si elle mourait – pas ça, mon Dieu, pitié ! –, que ferait-il ? Et moi ?

Hors de question de l'hypnotiser. Sinclair n'avait visiblement pas réussi son coup. Du moins, ça avait marché un certain temps, puis les effets s'étaient estompés. Mais pourquoi ? Sinclair était un vampire puissant, relativement ancien, et le roi, par-dessus le marché.

Je passai un peu trop vite à un feu orange avant de me rappeler que Bébé Jon était coincé – euh, attaché – à l'arrière et de reprendre une vitesse raisonnable.

Pourquoi le fameux « tes paupières sont lourdes » de Sinclair n'avait-il pas tenu ? Il aurait pu faire oublier sa mère à n'importe qui. Était-ce à cause de… Non, c'était impossible. Non. C'était stupide et égocentrique de ma part.

Pourtant… je n'arrivais pas à m'ôter de la tête l'idée que, comme la reine des vampires annoncée par la prophétie – moi – s'en était prise à Nick en premier, Sinclair n'avait eu aucune chance. Il avait peut-être arrangé les choses temporairement mais, au final, mon pouvoir était trop fort et les souvenirs de Nick avaient fini par refaire surface.

Non, impossible. Même venant de moi, ça paraissait trop prétentieux.

C'était pourtant la seule solution plausible, à moins que Nick ne mente lorsqu'il affirmait que Jessica ne lui avait rien dit. Et dans mon cœur, je savais qu'elle aurait préféré s'immoler plutôt que trahir mes secrets.

Même si le *Livre des Morts* avait prédit que je serais la vampire la plus puissante, la plus cool et la plus balèze du millénaire, j'avais encore du mal à me faire à l'idée. Et puis merde, quoi ! Seize mois auparavant, j'étais une simple secrétaire qui redoutait le passage à la trentaine. Mais, jusqu'à présent, le *Livre* avait toujours vu juste, alors pourquoi en serait-il autrement ?

Ce qui voulait dire que la seule façon de remettre les choses en ordre serait d'hypnotiser Nick moi-même.

Sauf que je n'étais pas sûre d'en avoir le courage. Premièrement, il s'y attendait et m'attendait, moi, au tournant.

Deuxièmement, l'idée de violer les pensées du copain de ma meilleure amie ne m'emballait pas.

Et troisièmement, qu'est-ce qui me donnait le droit d'effacer la mémoire de quelqu'un, même s'il représentait un danger ? Je n'étais pas Dieu. Je n'étais que Betsy, ex-secrétaire, vampire à mi-temps et bientôt mariée.

Je me garai dans l'allée avec un crissement de pneus, détachai Bébé Jon et me précipitai dans la maison, direction la nursery. Pendant que je changeais mon demi-frère, le nourrissais et lui faisais faire son rot, je réfléchis à Nick. Et Jessica. Et Sinclair. Et Anthonia. Et…

La sonnette retentit. Je me relevai d'un bond du fauteuil à bascule, suscitant un nouveau rot de la part de mon frère. Puis je l'installai dans son berceau – il était 18 h 30, l'heure de sa sieste de l'après-midi – et descendis au rez-de-chaussée.

Youpi ! Qui cela pouvait-il bien être ? Garrett avait-il encore mangé ses clés, les mettant temporairement hors de portée d'Anthonia et lui ? Sinclair m'avait-il envoyé des fleurs ? Nick m'attendait-il sous le porche armé d'un calibre .12 ? Était-ce ma mère ? J'étais disposée à écouter ses excuses. Marc s'était-il échappé des griffes du cinglé qui l'avait enlevé entre deux urgences ? Le cercueil de Tina avait-il été livré depuis l'aéroport ? Devrais-je signer un reçu ? La gentille Laura passait-elle pour me répéter ses condoléances et me proposer de garder Bébé Jon ?

Aucune importance ! Il y avait quelqu'un ! Je n'aurais pas à ruminer dans cette maison toute seule une minute de plus. J'aurais presque pu m'exclamer : « Alléluia ! »

J'ouvris la porte en grand, prête à accueillir mon visiteur ou lui ordonner de baisser son arme, dans le cas de Nick. Mais j'eus à peine le temps d'apercevoir l'éclat d'une alliance tandis qu'un poing, deux fois plus gros que le mien, venait me fracasser le visage et me faire valser dans le hall d'entrée.

Chapitre 14

— Aïe, putain ! criai-je, glissant sur le dos comme un insecte retourné avant de m'écraser contre la porte du petit salon.

J'avais les quatre fers en l'air. Heureusement que je portais un short et pas une minijupe. Ma mâchoire me faisait un mal de chien. Ma tête aussi, puisque je me l'étais cognée contre la porte. Ma réponse à ce genre d'affront était toujours la même :

— Aïe, putain !

Pendant que je proférais des insanités, plusieurs personnes en avaient profité pour entrer sans y être invitées. Elles me regardaient toutes de haut.

Le connard à l'alliance s'accroupit à côté de moi, clignant de ses grands yeux jaunes qui ressemblaient à ceux d'une chouette.

— Alors, c'est vrai. Tu es une vampire. Aucun mortel ne pourrait continuer à respirer après ça.

— Respirer ? Je ne respire pas, moi ! rétorquai-je.

Alors que je m'apprêtais à m'asseoir, il se releva rapidement et posa un pied sur ma poitrine pour me maintenir au sol.

— Ah non ! C'est très grossier. De plus en plus, je veux dire.

— Tu as de nombreux comptes à nous rendre, m'informa-t-il.

Il était vraiment très beau, je pouvais au moins lui accorder ça. Grand, très grand. Cheveux bruns, yeux dorés. Pas marron clair ou noisette. Non, dorés, comme les vieilles pièces. Pas vraiment comme ceux d'une chouette, plutôt... un lynx ? un lion ? Un animal dans le genre. Il avait la même carrure puissante que Sinclair et à peu près la même taille. Et personne ne m'avait touchée depuis...

Ce n'était pas le problème. *Un peu de concentration, Betsy !*

— Retire ton pied de mes nibards tout de suite !

Personne ne pose ses pieds sur mes nibards. En voilà une bonne devise.

— Une fois qu'on aura fini de parler.

— Mon pote, tu as vraiment mal choisi ta semaine pour me faire chier.

— Livre-moi le membre de ma meute sur-le-champ, m'ordonna-t-il.

En guise de réponse, je l'attrapai par la cheville et fis faire un tour complet à son pied : cent quatre-vingts degrés ! Ou était-ce trois cent soixante ? Dans tous les cas, il hurla – mais vraiment, comme un chien – avant de tomber en arrière, déstabilisé par sa cheville en charpie. Je me redressai – avec quelques difficultés, certes, mais le plus important, c'était que je sois debout, savourant ma brève victoire.

Brève, parce que ma petite démonstration de force n'avait pas plu aux quatre – cinq ? – autres. Du moins, c'est comme ça que j'interprétai le fait qu'ils me sautent tous dessus en même temps. Contrairement à ce que voudraient nous faire croire les films de karaté, les méchants n'attendent pas leur tour pour attaquer. Non, c'était l'heure de la mêlée, avec moi en dessous. Du coup, est-ce que ça faisait de moi un ballon ovale ?

J'écartai vivement la tête pour éviter un poing qui traversa le plancher à côté de moi et hurlai :

— Stop ! Arrêtez tout !

Je vis trois poings s'immobiliser en pleine course, et en profitai pour relever les jambes, enlever mes chaussures à boucles – vintage, 1956, eBay, 296,26 $ – et les jeter dans un coin.

— OK, dis-je. Allez-y.

Je bloquai – de justesse – un autre coup en croisant mes bras à la Uma Thurman dans *Kill Bill* – volume 1 ou 2. Je n'y connaissais rien en arts martiaux, mais je me souvenais de tous les mouvements d'Uma.

En me battant contre ces types, j'avais l'impression d'essayer de passer entre des balles. J'en étais capable, mais il fallait que je me concentre à fond. Ils étaient rapides. Incroyablement rapides. Comme d'anciens vampires. Quant à leur odeur… elle était forte en fer. J'avais du mal à les combattre et à m'empêcher de les mordre en même temps.

Je réussis à me hisser au sommet de la mêlée par ma simple volonté d'esprit… ainsi que ma force et mes réflexes surhumains, j'avais failli les oublier.

Enfin, ce n'était pas comme si ces types n'avaient pas de capacités surnaturelles, non plus. Connards.

J'évitai de nouveaux coups de poing, en donnai quelques-uns de mon cru, mordis à pleines dents – à pleines dents ! – dans l'épaule de l'un d'eux, donnai un coup de pied entre les jambes d'un autre et décochai une belle droite dans un ventre, m'enfonçant si profondément que j'eus l'impression de toucher sa colonne vertébrale.

Une brune en débardeur – les cheveux en brosse n'allaient pas à tout le monde, mais sur elle, ils faisaient des merveilles – me colla un coup dans le nez – aïe ! – et je me vengeai en lui piétinant la cheville, me réjouissant du craquement et du cri que j'entendis.

Je n'aurais pas dû sourire. J'aurais dû être en colère. Bon d'accord, c'était le cas. Mais au moins, j'avais autre chose à faire que passer mon temps à attendre que le téléphone sonne. Si je ne pouvais pas me disputer avec Sinclair ou critiquer le reste du monde avec Jessica, une bonne bagarre dans le hall d'entrée ferait l'affaire.

Le connard à l'alliance revint dans la course. Avec des yeux ébahis, je l'observai avancer en boitant de moins en moins. Lorsqu'il arriva à ma hauteur, il marchait tout à fait normalement. J'étais tellement sidérée que j'oubliai presque d'éviter le poing gros comme un marteau qui s'approchait dangereusement de mon visage.

Presque. Au lieu de ça, je fis un écart et plaquai le type si fort contre le mur que des morceaux de plâtre

– ou de ce qui composait ces vieux murs – tombèrent du plafond.

Note pour plus tard : ne pas parler de l'ampleur des travaux de rénovation à Jessica avant qu'elle ne soit entièrement rétablie.

Mais c'était tellement drôle que je l'attrapai par les cheveux et le jetai de nouveau contre le mur. *Youpi !*

— Ne fais pas de mal à mon papa ! s'écria quelqu'un.

Tout à coup, je fus horrifiée d'apercevoir une petite fille de six ans, debout dans un coin, le visage blême. Comment avais-je pu ne pas m'apercevoir de sa présence ? mis à part le fait que les adultes m'avaient sauté dessus comme des mafieux sur un petit commerçant ?

— Vous êtes dingues ou quoi ? m'exclamai-je. Vous avez emmené une petite fille pour assister à une bagarre ?

J'étais tellement choquée que je n'eus pas le temps d'éviter les balles : une au cœur, deux au poumon gauche.

— Jeannie, non ! hurla le connard à l'alliance tandis que je tombais en chute libre…

Chapitre 15

Quand j'ouvris les yeux, plusieurs visages étaient penchés en cercle au-dessus de moi. Comme aucun d'eux ne ressemblait à ceux que j'avais désespérément envie de voir, je réagis à ma façon habituelle, en criant :

— Aaaaah !

— Je crois qu'on ferait mieux de t'emmener à l'hôpital, dit une blonde aux cheveux bouclés que je remarquai pour la première fois.

Ses mains empestaient la poudre et je sentais l'odeur de cuir de son étui de revolver – ça me faisait une belle jambe de m'apercevoir de tout ça après coup. Je savais qui remercier pour mon cœur perforé.

— Est-ce que tu peux marcher ?

— Je pense qu'elle devrait plutôt se reposer. Comment est-ce qu'on pourrait expliquer ça ? On est à plus de deux mille kilomètres de chez nous. Je ne suis pas sûr que les loups-garous locaux se montrent compréhensifs.

— Eh bien, moi, je crois…

— Je pense que vous feriez mieux de vous casser d'ici, bande de cinglés !

Je crachai un fin nuage de sang, qu'ils observèrent tous. Dégoûtant mais étrangement joli. *Concentre-toi, Betsy.*

Quand je tentai de me redresser, je me rendis compte qu'ils avaient tous la main sur mon torse, même la petite fille. Je les repoussai – gentiment pour ne pas blesser la gosse – et m'assis.

— Ooooh, mon cœur ! (Je me palpai rapidement les seins.) Et mon poumon ! Ça vous arrive souvent d'entrer sans prévenir, d'attaquer la maîtresse de maison et de la flinguer devant une enfant ?

— Je ne suis pas une enfant, dit la gosse en question en clignant des yeux dorés dans ma direction.

On aurait dit un bébé chouette trop mignon. Je me mordis les lèvres pour m'empêcher de lui sourire.

— Je suis la prochaine chef de la meute, se présenta-t-elle en me tendant une petite main potelée. Je m'appelle Lara.

— Ravie de te rencontrer, chérie. Sacrée poignée de main. Maintenant, va-t'en et emmène tes tuteurs complètement dingues avec toi.

— Je ne crois pas que tu devrais rester debout, intervint le connard à l'alliance d'un air inquiet.

— Tu ne semblais pas te soucier de ma santé il y a cinq minutes, rétorquai-je. Et je pense que tu devrais retirer tes sales pattes de moi dans la seconde.

Je me relevai avec difficulté. La pièce tournoya autour de moi avant de se stabiliser. Heureusement que je m'étais nourrie deux jours auparavant, un autre avantage d'être la reine. Les autres vampires devaient boire tous les jours. Pas moi. J'avais mordu un sans-abri sur le chemin du retour puis je l'avais ramassé – littéralement –, j'avais parcouru les quelques centaines de mètres qui nous séparaient de l'hôpital le plus proche en courant – trois minutes top chrono – et je l'avais laissé devant les urgences pour qu'il reçoive des couvertures, de la nourriture et qu'on prenne tout simplement soin de lui.

Dans tous les cas, ce bon Samaritain complètement ivre m'avait aidée plus qu'il ne le saurait jamais. J'entendis trois claquements tandis que les balles s'extrayaient toutes seules de mon corps et tombaient sur le parquet. Je n'y prêtai aucune attention – un mardi comme les autres, en somme–, mais les cinq autres observèrent les balles déformées avant de me regarder puis de reporter leur attention sur les balles.

— Allez, dehors, j'ai dit ! répétai-je, puisqu'ils avaient l'air légèrement lents à la détente.

Ou sourds. Ou les deux.

— Temps mort ? demanda le connard à l'alliance avec un sourire chaleureux.

Ooooh, charmant sourire ! Il réveilla des sensations en moi auxquelles je préférais ne pas penser.

— Ah non ! C'est trop facile ! Maintenant que vos petits cerveaux de rien du tout ont compris que j'étais plus ou moins increvable et que vous ne pouviez pas me contrôler en me tabassant ou en me tirant dessus, vous sortez le drapeau blanc ! Eh bien, allez vous faire f... (Je me souvins de la gamine.) Allez vous faire voir.

— On veut simplement discuter, eut l'audace de dire l'un d'eux.

Je le contredis aussitôt.

— Vous ne savez pas parler sans cogner.

Je tendis l'oreille le plus possible, mais aucun son ne me parvenait de la chambre de Bébé Jon. Dieu soit loué. Le vacarme et les coups de feu ne l'avaient pas réveillé. À moins qu'il n'ait rampé jusqu'à la trappe à linge. Dans tous les cas, il était aussi silencieux qu'un bébé souris.

— Je suis sérieuse, con… méchants intrus. Vous ne tenez pas à me voir en colère.

— Ah, parce que là, tu es calme ? me taquina l'un d'eux.

Très mignon, avec des cheveux blonds, des yeux verts, bâti comme Schwarzenegger. C'était le seul qui avait vraiment l'air sympa. Il portait un jean délavé, de vieilles baskets et un tee-shirt « I love Martha ». Il se gratta le torse avant d'ajouter :

— Tu as une sacrée droite, blondinette. Tu n'as jamais pensé à entrer dans un cirque comme homme de fer ?

— Tu n'as jamais pensé à te présenter avant de frapper une femme ?

— Je m'appelle Derik, répondit le beau blond, et voici le chef de notre meute : Michael Wyndham. (L'homme impressionnant aux cheveux bruns et aux yeux dorés m'adressa un signe de tête.) Et notre femelle dominante, Jeannie. (La tireuse aux cheveux courts me salua également.) Et Brendan, Cain et Lara, la fille de Michael et Jeannie.

Toutes ces personnes ridiculement belles me firent un signe amical, comme si elles n'avaient pas essayé de me tuer cinq minutes auparavant. Ils étaient aussi impressionnants que des vampires, sauf qu'ils respiraient une santé surhumaine, avec leur teint lumineux et bronzé.

Rien que de les regarder, j'en avais l'eau à la bouche. Mon Dieu, ils sentaient si bons ! Appétissants, juteux, comme du raisin sur un pied de vigne. Sauf la blonde au flingue. Elle avait une odeur… banale ? Était-ce possible ?

— Nous sommes venus chercher Anthonia, dit Jeannie sans retirer la main de la crosse de son 38 mm.

Je la fis passer du grade de « banale » à « salope psychopathe armée. »

— Ah, je pige mieux. Vous êtes des loups-garous, c'est ça ?

— On t'a prévenue de notre arrivée, me rappela Michael.

— Non, tu m'as parlé par énigmes sans même me donner ton nom et tu as raccroché.

— Je t'avais bien dit qu'elle ne comprendrait pas, soupira Jeannie.

Elle ferma l'étui de son revolver avant de remonter la fermeture Éclair de sa veste à capuche – alors qu'on était fin juin ! Je me sentais un peu mieux, à présent qu'elle avait rangé son arme. Les balles ne pouvaient pas me tuer, mais elles déchiraient mes vêtements et faisaient un mal de chien.

— Anthonia n'aurait jamais emménagé ici sans lui expliquer… Bon, d'accord. Il est possible que ma logique concernant Anthonia soit fautive.

(Michael soupira.) Ah, ces fortes têtes, ajouta-t-il en haussant les épaules.

Je ne saisis pas ce qu'il voulait dire. Derik sourit, Jeannie leva les yeux au ciel et les trois autres restèrent de marbre. Michael eut la bonne grâce de paraître déstabilisé.

— Je, euh, comme je le disais, je pensais qu'Anthonia t'avait tout expliqué. Je pensais que tu t'opposais sciemment à nous et…

— Euh, allô ! Tu es son chef de meute, non ?

— Ah, donc elle te l'a dit.

— Et tu ne t'es jamais aperçu qu'elle préférait mourir plutôt que parler ?

— Tu marques un point, intervint Derik d'un air enjoué.

— Je ne suis pas son chef, face de nœud et tu ne l'as probablement jamais été non plus, lançai-je.

— C'est quoi une face de… ? commença la petite fille avant d'être interrompue par le regard noir de sa mère.

Mince, j'avais encore oublié sa présence. Mais c'était entièrement leur faute : ils n'avaient pas à amener une enfant ici. Ouais ! Je pouvais tout leur mettre sur le dos !

Je m'éclaircis la voix. Du moins, j'essayai, car sans salive, j'émis plutôt un grognement. Deux d'entre eux sursautèrent tandis que Jeannie plaçait de nouveau la main sur son revolver.

— Bref. Anthonia. Elle a grandi avec vous, pas vrai ? Elle ne vit ici que depuis quelques mois, mais elle a grandi avec votre petite bande de cinglés, non ?

— Je sens comme un choc culturel dans l'air, intervint Derik.

Il avait vraiment l'air de s'amuser. J'avais du mal à retenir mon sourire. Le charme émanait de lui comme le parfum bon marché d'une adolescente. On aurait dit… un bon gros chien.

— Les loups-garous cognent d'abord et posent les questions ensuite.

— C'est fascinant, bizarre que ça ne m'intéresse pas du tout.

— Contrairement aux vampires, qui n'ont jamais rien à se reprocher, poursuivit-il sans se départir de son enthousiasme.

Je ne répondis rien.

— Mais comme tu as tenu tête à notre meute et que tu nous as combattus, nous sommes disposés à t'écouter.

— Attends, je bâille, l'interrompis-je puisque bâiller pour de vrai ne l'aurait sûrement pas arrêté. Comme j'étais en train de le dire, Anthonia vient, voit, vainc, critique, râle et mange tous les steaks crus qu'elle trouve dans le frigo. Voilà ce qu'elle fait. Rien d'autre. Je peux vous assurer qu'on n'a jamais eu de discussion à votre sujet. Elle nous a bien fait comprendre que les affaires de la meute ne nous regardaient pas. (*Ça rend mon fiancé complètement dingue*, faillis-je ajouter.) Elle ressemble à un bateau qui passe dans la nuit. Garrett et elle partent tout le temps en vadrouille. Je ne suis pas sa baby-sitter. Je suis…

Quoi ? son ami ? son alliée ? une épine dans son pied ? une langue de vipère comme elle ? Oui, c'était sûrement le plus proche de la vérité.

— Tu marques un point, répéta Derik. Qu'est-ce que tu es mignonne ! Si je n'étais pas marié…

— … à une sorcière qui t'écorcherait vif si elle voyait son mari ainsi, lui rappela Jeannie. Je savais qu'on aurait dû l'emmener avec nous.

— Elle est enceinte de huit mois !

— Elle aurait été utile pour combattre une vampire isolée. Elle est puissante. On aurait très bien pu perdre quelqu'un.

Je dus me faire violence pour ne pas dire quelque chose de stupide, comme : « Une vampire isolée ? Je suis la reine, sale boule de poils ! » Comment se faisait-il que je passais mon temps à rejeter mon statut de reine puis à l'accepter ?

— Est-ce qu'on peut se concentrer, s'il vous plaît ? dis-je autant pour eux que pour moi. Si j'ai bien compris, Anthonia n'est pas venue se présenter à vous. Et alors ? Quel est le problème ?

— On ferait mieux de s'asseoir, tu ne crois pas ? On dirait qu'on a beaucoup de choses à se dire.

J'eus envie de pleurer.

— Vous n'allez jamais partir, c'est ça ?

— Pas sans Anthonia, répondit la gamine.

Son expression était pratiquement identique à celle de la blonde armée. En d'autres circonstances, ça aurait pu être drôle.

— Tu ne l'as pas enlevée, je suppose.

— L'enlever ? Je ne lui ai même pas proposé d'emménager ici. Elle s'est imposée. C'est toujours comme ça, ici, marmonnai-je.

— Alors, on ferait mieux de discuter de tout ça, dit Michael. Il semble que nous ayons un problème en commun.

— Vous ne pouvez pas tout me raconter de derrière la porte ? ou depuis l'autre bout de l'État ?

Personne ne me répondit. Tant pis ! Au moins, j'aurais essayé.

— Pourquoi est-ce que tu m'as tiré dessus, au fait ? demandai-je à la blonde.

— Parce que tu étais en train de gagner, répondit-elle gaiement.

— Fabuleux. Je vous laisse une dernière chance de partir.

Ils ne bougèrent pas d'un pouce.

Je réfléchis à la situation pendant qu'ils m'observaient. Derik et Jeannie mis à part, ils se trémoussaient comme des enfants mal à l'aise. Ils étaient passés des coups de poing à la peur en, quoi ? dix minutes ? Sur quelle bande de cinglés étais-je encore tombée ?

— Je pensais que vous ne croyiez pas en l'existence des vampires ? demandai-je pour gagner du temps.

Anthonia m'avait au moins dit ça quand elle avait emménagé ici.

— Les récents événements nous ont fait changer d'avis, rétorqua Cain, la brune.

Quel drôle de nom pour une petite brune d'un mètre cinquante-cinq les bras levés, avec des cheveux coiffés en brosse, un visage taillé à la serpe et des bras finement musclés !

Surtout que cette dure à cuire évitait mon regard et gigotait comme un enfant qui doit aller aux toilettes. Qu'est-ce qui se passait à la fin ? Même si j'avais – plus ou moins – gagné notre combat, ils étaient en position de force, non ? Ils étaient plus nombreux et armés – tous mes flingues se trouvaient dans le coffre-fort au sous-sol. Alors, c'était quoi leur problème, au juste ?

Je me souvins alors d'une chose que m'avait apprise Anthonia, un jour : les vampires n'ont pas d'odeur. Elle avait mis du temps à s'habituer au fait que Sinclair, Tina et moi soyons capables de la surprendre. Visiblement, mon manque d'odeur terrifiait les loups-garous. Ha, ha, ha !

L'envie d'enfoncer le clou me démangeait, mais je ne pouvais pas faire ça. J'étais curieuse de ce qu'ils allaient me raconter.

Et puis je me sentais tellement seule que je ne voulais pas qu'ils partent.

Sans parler du fait qu'Anthonia et Garrett avaient effectivement disparu. Ces gens seraient peut-être capables de m'aider à les localiser.

— La cuisine est par là, dis-je en la désignant du doigt. Quelqu'un veut un smoothie ?

Chapitre 16

Je montai les marches quatre à quatre en priant pour que les loups-garous ne causent aucun problème pendant qu'ils étaient sans surveillance, vérifiai que Bébé Jon allait bien – il ronflait toujours – puis redescendis au rez-de-chaussée pour guider mes invités dans la cuisine, juste à temps pour décrocher le téléphone qui sonnait.

— Ouais ?

— Betsy ? C'est Laura. Écoute, je voulais te parler de…

— Pas maintenant, répondis-je avant de raccrocher.

J'éprouvais un peu de remords, mais pas tant que ça. Après tout, elle avait fait partie de ces lâcheurs qui m'avaient abandonnée quand j'avais le plus besoin d'eux. Ça tombait étrangement bien, non ? Anthonia, Garrett, Marc et Sinclair avaient disparu au même moment que mon père était mort et, tout à coup, ma demi-sœur était devenue moins disponible.

Non. Tu divagues, là. N'empêche…, c'est bizarre.

Non.

Très bizarre.

Non ! Putain, non !

Génial, en plus d'être isolée, je devenais parano, à présent ! *Et entourée de loups-garous, ne l'oublie pas !*

— Voyons voir, dis-je en ouvrant le frigo. Nous avons des fraises, des bananes et des pêches. Et de la glace pour faire des smoothies. Oh, et Anthonia a laissé la moitié d'un steak. (Je le reniflai.) Il a l'air encore frais. Il sera sûrement encore bon un jour ou deux.

— On va faire l'impasse sur les fruits.

— Je peux aussi vous décongeler des steaks hachés, leur proposai-je sans grande conviction.

— Pas la peine. Allons droit au but.

— Eh bien, moi, je vais boire quelque chose. J'ai une soif d'enfer. (Je leur souris de toutes mes dents, savourant les frissons qui les parcoururent.) Donc, c'est l'heure du smoothie.

— J'en veux bien un, intervint Lara. À la banane, s'il te plaît.

— À vos ordres !

Là, c'est moi qui frissonnai soudain. Combien de fois avais-je entendu Marc prononcer cette même phrase quand il jouait au barman pour nous ? Combien de smoothies à la fraise avais-je préparé à Sinclair ? Combien de fois m'avait-il portée à l'étage et avant de verser ledit smoothie sur mon…

— Banane, s'il te plaît, répéta la petite fille.

Je secouai la tête.

— Désolée, j'étais ailleurs. Épluche ça, tu veux ? lui dis-je en lui tendant des bananes.

Michael s'éclaircit la voix tandis que son enfant – son petit ? son chiot ? son louveteau ? – épluchait trois bananes et jetait la peau dans l'évier.

— Euh, donc, Anthonia ne s'est pas présentée. D'habitude, elle vient tous les mois, à 10 heures, le vingtième jour. Alors quand on ne l'a pas vue, tu t'imagines bien que…

Je n'entendis jamais la fin de sa phrase car j'avais appuyé sur le bouton « purée ». Je restai ainsi un long moment, sans prêter attention au vacarme qui résonnait dans ma tête – stupide ouïe vampirique. Si je pouvais clouer le bec à ce salaud arrogant et séduisant, ça en valait la peine.

Minute, papillon. J'ai dit « séduisant », là ? Sinclair, tu es où, bordel ?

Je fis signe à Lara de prendre des verres. Elle m'en rapporta deux. Elle était vraiment trop mignonne. Je lui adressai un sourire. Quand elle refusa de me le rendre, je repris mon expression neutre. Cette enfant était bien plus mature que son âge, aucun doute possible. Qu'avait-elle dit ? qu'elle était la future chef de meute ? C'était beaucoup de responsabilités pour une gamine de quoi ? sept ? huit ans ?

Elle était un mélange parfait, en miniature, de ses parents : les yeux de son père, le visage de sa mère, leurs expressions à tous les deux. Elle allait être effrayante à l'adolescence. Peut-être même dès la fin de l'école primaire.

J'éteignis le robot et remplis le verre de Lara à ras bord tout en prêtant une oreille distraite aux paroles de Michael.

— C'était logique qu'on en arrive à la conclusion que les créatures malfaisantes de la nuit avaient…

Et c'est reparti pour un coup de robot ! Je pris mon temps pour préparer mon propre smoothie, mais, au bout d'un moment, je dus me rendre à l'évidence que je ne pouvais pas mixer davantage les fruits et la glace et l'arrêtai.

— … la bagarre, finit Michael.

Putain, ce type était un vrai moulin à paroles ! Comment Jeannie pouvait supporter ça ? Et tous les autres ? Heureusement que je n'étais pas ce genre de leader !

Je n'étais pas un leader du tout, en fait.

— Oui, eh bien, vous aviez tort sur toute la ligne, dis-je en prenant une grande gorgée de mon smoothie. Ce qui, à mon avis, vous arrive souvent, à vous autres.

— « Vous autres » ? demanda le gars blond vénitien, celui qu'ils appelaient Brendan.

Il faisait à peu près une tête de moins que Michael mais il était tout aussi élancé, avec des cheveux qui lui arrivaient aux épaules, des muscles superbement dessinés – comme tous les loups-garous, du moins ceux que j'avais rencontrés –, des traits finement ciselés et de magnifiques yeux marron doré. On aurait dit qu'ils brillaient. « Lumineux » – voilà l'adjectif qui le décrivait le mieux.

— Qu'est-ce que ça signifie ?

N'y avait-il aucun loup-garou moche à faire peur ? Des gros ? des myopes ? des bigleux ?

— J'ai dit : qu'est-ce que ça signifie ?

Des loups-garous doux comme des agneaux ?

— Je voulais parler des créatures carnivores de la pleine lune que vous êtes, répondis-je d'une voix amicale. Ces créatures qui enlèvent les bébés, mordent les gens et les transforment en d'autres créatures carnivores de la pleine lune, qui attaquent des femmes à forte poitrine portant des tee-shirts moulants. (Je levai mon verre.) « Vous autres », quoi.

— Quelle horreur ! cracha Derik d'un air dégoûté. (En fait, il ressemblait beaucoup à Anthonia lorsqu'elle m'avait répondu ce qu'il s'apprêtait à dire.) Les omnivores ont un goût affreux. Crois-moi. On ne vous mange pas.

— Et ça n'a rien à voir avec la rougeole, grogna Cain. (Encore une fois : qui avait eu l'idée saugrenue d'appeler sa fille comme ça ?) Ça ne s'attrape pas. On est simplement deux espèces différentes, crétine à mèches !

— Tu les aimes ? demandai-je en lissant ma frange d'un air satisfait. Et si on est vraiment deux espèces différentes, tu veux bien m'expliquer ce qu'elle fait là ?

Je désignai Lara, qui recracha une gorgée de son smoothie à la banane.

— Euh…, nous informa Derik, fort utilement.

— Après tout, on n'a jamais entendu parler de zèbre-tigre, non ? ou de gorille-girafe ? ou de porc-épic-ornithorynque ?

— C'est… compliqué, marmonna Michael.

— Tu ne peux pas comprendre, rétorqua Cain.

— Cain.

L'intéressée se tut et se rassit. *Ha ha !* Je regardai Michael avec un respect renouvelé. Il n'avait pas élevé la voix, pourtant Cain avait l'air d'un chien battu. En fait, il ressemblait à Sinclair de bien des manières. Dommage qu'il soit m…

Arrête ça tout de suite, Betsy.

— … pas l'intention de t'offenser dans ta propre maison.

— Non, ce n'était pas du tout votre intention. Le message est passé clairement, Monsieur Je-frappe-d'abord.

— Monsieur Je-frappe-d'abord est le chef de notre meute, me sermonna Brendan avec un regard noir qu'il croyait sûrement intimidant.

Ça se voyait qu'il n'avait jamais eu affaire à un Marc hystérique qui n'arrivait pas à mettre la main sur une blouse propre. Ou à Laura quand elle était en retard pour l'église. Ou à Garrett lorsqu'il arrivait au bout de ses pelotes de laine avant d'avoir terminé le pull qu'il tricotait.

Ou à Sinclair, à n'importe quel moment. Mon homme n'aurait qu'à regarder ce louveteau – il n'avait sûrement pas plus de vingt-deux ans – droit dans les yeux pour en faire son esclave.

En fait, j'aurais très bien pu le plier à ma propre volonté, moi aussi.

Je l'envisageai même un instant pendant qu'ils continuaient à discuter entre eux. Au final, je décidai de jouer la carte de la prudence. Ils savaient que j'étais forte et rapide. C'était déjà trop pour des étrangers. Et puis j'aurais tout le temps de me servir de mon charme plus tard si le besoin s'en faisait sentir.

— … où ils pourraient être ?

— Qui ?

— Anthonia et Garrett, abrutie !

— Brendan.

Le louveteau s'assit et la ferma aussitôt.

— Alors ? me pressa Michael.

— Alors, quoi ?

Il se passa les deux mains dans les cheveux, les ébouriffant complètement.

— Alors, d'après toi, où sont passés Anthonia et son ami ? répéta-t-il très lentement.

— Je n'en ai aucune idée, c'est bien le problème, répondis-je sur le même ton.

Lara émit un ricanement. Ou plutôt un gargouillement ; elle venait de reprendre un peu de smoothie. Je finis le mien en deux gorgées et me levai pour retourner au bar.

— Pitié, vampire, pas le mixer ! implora Cain avec une sincérité touchante.

Brendan, lui, commençait à avoir l'air aussi fatigué qu'arrogant.

C'est le deuxième effet « reine des vampires », pensai-je. Mais j'eus pitié d'eux. Leur ouïe était sûrement aussi affûtée que la mienne.

Peut-être même plus. Je les observai intensément tandis que je rinçais mon verre sans regarder ce que je faisais, si bien que je le brisai contre le robinet. Je jaugeai leur puissance, leurs muscles, leurs différences avec Anthonia.

Anthonia qui, malgré sa force, ne pouvait pas se transformer.

Anthonia qui voyait l'avenir, mais à un prix terrible pour elle et les gens qu'elle aimait.

Je n'arrivais pas à décider ce qui était le pire : être un paria parmi les parias ou avoir des visions infaillibles.

Avait-elle disparu à cause de ça ? Avait-elle vu un événement horrible… ?

Pitié, mon Dieu, fais qu'il n'arrive rien de grave à Sinclair, Marc ou Jessica ! Je te revaudrai ça, Dieu, au nom du père du fils et du Saint-Esprit, amen.

… et choisi de mettre les voiles en emmenant son Monstre de compagnie ?

Impossible. Anthonia était tout sauf une lâche. Et si elle avait préféré se cacher – ce qu'elle n'aurait jamais fait –, elle m'aurait d'abord avertie. Après tout, j'étais sa… comment disait-on déjà ? sa chef de meute par procuration ?

— Tu sais, dis-je en m'asseyant en face de Michael, Anthonia n'est pas très bavarde à votre sujet.

Silence.

— Elle ne m'a pas dit grand-chose sur la meute.

En fait, j'essayais de me souvenir du moindre détail qu'elle aurait pu glisser dans la conversation et j'en étais incapable. Et pas seulement parce que, en général, quand Anthonia se mettait à déblatérer, j'arrêtais d'écouter après les dix premières secondes. Bon, OK, c'était sûrement la raison principale, mais toujours est-il que :

— Elle n'en parle jamais.

— Elle ne m'a jamais parlé des vampires, non plus, concéda Michael. Chaque mois, c'est la même chose : tout va bien ? Oui. Tu n'as besoin de rien ? Non.

Tu aimerais que je transmette un message ? Non. Tu veux parler cinq minutes ? Sûrement pas !

On resta assis en silence pendant un moment. J'ignorais ce qu'ils en pensaient, mais personnellement, je trouvais que j'avais de la chance qu'Anthonia soit aussi douée pour jongler avec sa loyauté envers nous deux. Vu l'expression de Wyndham, il avait l'air de se dire la même chose, ou presque.

Croisant les jambes, je regardai fixement mes chaussettes noires. Je ne devais pas oublier de récupérer mes chaussures à boucles dans le hall.

— Elle t'a sûrement expliqué la situation quand elle a déménagé, non ? (Je relevai la tête ; ils me regardaient tous d'un air interloqué.) Elle m'a dit qu'elle devait obtenir ta permission. J'ai tout de suite pensé que c'était très bizarre pour une femme adulte de demander la permission à quelqu'un avant de venir vivre avec nous, mais, quand je le lui ai fait remarquer, elle m'a simplement rétorqué que j'avais une drôle de tronche et que je ferais mieux de la fermer.

Wyndham et ses amis hochèrent la tête.

— Elle est restée très évasive à ton sujet, même quand elle a emménagé à Minneapolis, reprit Michael. « J'ai trouvé mon destin, m'a-t-elle dit. C'est aux côtés du roi et de la reine des vampires. Oui, ils existent vraiment. »

— Ne vous en voulez pas de ne pas y avoir cru, répondis-je. Je ne pensais pas que les loups-garous existaient non plus avant qu'Anthonia apparaisse… et ne se transforme pas en loup.

— « Je ne reviendrai pas », m'a-t-elle assuré. C'était sa façon de me demander mon autorisation. « Alors, vends ma maison et envoie-moi le chèque. Et ne viens pas me faire chier ou j'oublierai de te prévenir si je vois ta mort. »

Je devais l'admettre : c'était de l'Anthonia tout craché.

— Elle a accepté de nous rendre visite une fois par mois, poursuivit-il, et on n'en a plus discuté. Jusqu'à ce qu'elle manque à l'appel, bien sûr. Bien, maintenant, Betsy, si tu nous disais ce qu'est un Monstre ? et où trouver celui qui a tué un membre de notre meute ?

CHAPITRE 17

— Ouh là, attendez une minute ! m'exclamai-je, en regrettant d'être seule pour leur faire face. Ne tirons pas de conclusions hâtives, les petits loups ! Garrett préférerait manger ses propres couilles plutôt que de faire du mal à Anthonia. Il ne l'aurait jamais tuée. Jamais.

Frissonnant, Derik se couvrit les yeux.

— Tu es obligée d'utiliser des images aussi traumatisantes ? « Manger ses propres couilles » ? C'est la première fois que j'entends une chose pareille !

— Sans parler du fait que c'est difficile à croire, ajouta Cain.

— Difficile ? Pourquoi ? Vous êtes des experts en vampires et en Monstres, maintenant ?

— Les vampires n'ont-ils pas tendance à causer des incidents ? demanda Jeannie.

À sa décharge, je devais admettre que ça ressemblait à une vraie question.

— Moi, si, avouai-je, mais pas Garrett.

— Tu peux nous parler un peu de ces Monstres ?

— Bien sûr !

— Ce n'est pas tabou de mettre des étrangers au courant de ce genre de choses ?

— Aucune idée. (Comme Wyndham semblait perplexe, je repris les mots de son pote Derik.) Je pense que c'est encore une question de choc culturel. Je répondrai à toutes vos questions si ça peut vous dissuader de démembrer Garrett.

— C'est une bonne chose, chef, intervint Derik. Alors, arrête de prendre cet air méfiant.

— Pour une dictatrice assoiffée de sang, tu es étonnamment charmante, me complimenta Michael.

Personne ne fut étonné lorsque le poing de Jeannie glissa malencontreusement contre ses côtes. Toutefois, il reprit sa respiration en un rien de temps.

Lara me demanda la permission d'utiliser la salle de bains, et je la lui donnai. Jeannie se leva pour l'accompagner. Pendant l'absence de la gamine, j'en profitai pour parler des Monstres, de Nostro et de ses petits plaisirs dégueulasses, de la lente guérison de Garrett, des progrès immenses qu'il avait faits et de l'amour qui le liait à Antho…

— Donc, selon tes propres dires, cette créature n'était même pas humaine il y a six mois ?

— Je ne sais pas si c'est le bon terme…

— Il buvait du sang dans des barriques, courait à quatre pattes, et hurlait à la lune ?

— Ben… comme vous, non ?

— Et il n'était même pas capable de parler ? insista Michael.

— Je n'en suis pas sûre. Tout ce que je peux dire, c'est qu'il n'ouvrait pas la bouche. Mais après avoir bu mon sang et celui de la fille de Sa… de ma sœur, il est tout de suite allé mieux. Vous… vous ne pouvez pas comprendre. Ce qu'il ressent pour Anthonia. Elle est tout pour lui. Il tu… Il mourrait pour elle !

— Et elle ressent la même chose, je suppose ?

— Eh bien, j'ai du mal à l'imaginer dire des choses aussi romantiques, mais oui, elle en serait cap…

Je venais de me rendre compte du piège que m'avait tendu Michael. Trop tard. Je me relevai d'un bond et me mis à faire les cent pas.

— Je vous dis que Garrett n'a pas tué Anthonia avant de s'échapper Dieu sait où. C'est impossible. Impossible !

— Mouais, répondit-il.

— Mouais, confirma Derik, qui paraissait aussi peu convaincu.

— Est-ce que vous me voyez paniquer et vous demander si un membre de votre meute aurait pu tuer l'un des miens et s'enfuir ? Est-ce que je me suis invitée chez vous pour vous tabasser et tirer des conclusions hâtives ?

J'eus un sourire satisfait en voyant les Wyndham s'agiter sur leurs chaises, mal à l'aise. Sauf Brendan, qui m'adressa un regard noir.

— On en a déjà parlé, dit doucement Michael.

— Oui, mais maintenant que ta gamine est partie, vous pouvez vous excuser ouvertement d'avoir été des connards incontrôlables et enragés qui cognent avant de poser des questions.

Il pianota sur la table pendant quelques secondes, puis, au bout d'un long moment de réflexion difficile – pour lui, pas pour moi –, il s'exécuta :

— Je m'excuse.

— Très bien. Il est fort possible qu'Anthonia ait eu une vision de l'avenir qui ne lui ait pas plu et qu'elle ait tenté de s'échapper. Si Garrett a essayé de l'en empêcher, elle lui a peut-être, je ne sais pas, moi, donné un bain d'eau bénite avant de prendre le premier train pour l'est du pays. Ça aurait très bien pu se passer comme ça. Pourtant, je ne suis pas parano et je ne mets pas vos paroles en doute, pas vrai ? Alors calmez-vous, vous aussi.

— Est-ce qu'il y a eu d'autres événements étranges ? demanda Michael en se penchant en avant. Mystérieux ? de quoi nous fournir une piste ?

— Tout va bien, mentis-je. (Je penchai la tête sur le côté ; Bébé Jon avait faim. Et il n'était pas content d'attendre.) Si vous voulez bien m'excuser une minute, mon frère me demande.

Quand je passai près de lui, Wyndham me retint par le bras. Je l'avais vu venir et aurais eu tout le loisir de le repousser, mais je le laissai faire. Sa main était très chaude contre ma peau. Je sentais son cœur battre au bout de ses doigts.

Et son odeur… Ai-je déjà mentionné à quel point ils étaient tous appétissants ? Pas étonnant que Garrett trouve Anthonia irrésistible. Rien à voir avec sa personnalité.

Michael resserra sa prise. Il pensait vraiment qu'il pouvait m'empêcher d'avancer – trop mignon.

— Betsy, tu es sûre ? Tout va bien ?

Je souris.

— Michael, tu t'inquiètes pour un rien. On ne te l'a jamais dit ? Il n'y a aucun problème. Ne t'en fais pas.

Sur le chemin de la nursery, après avoir traversé le couloir et une pièce, j'entendis parfaitement l'ordre que Michael donna à Derik.

Chapitre 18

Derik me rejoignit dans l'escalier en bondissant comme un gros chiot blond.

— Ne le prends pas personnellement, dit-il gaiement tout en gravissant les milliards de marches qui nous séparaient de la nursery. On ne peut simplement pas se rendre compte si tu mens puisque tu n'as pas d'odeur. Ça rend le chef complètement dingue.

— Je veux bien le croire.

Je compatissais légèrement, très légèrement. Savoir à tout moment si quelqu'un mentait ou non, ça devait être utile. Anthonia m'avait bien dit une fois que la meute mentait rarement, puisque ça ne servait à rien.

Puis voilà qu'ils tombaient sur moi. Je pouvais affirmer que j'étais une petite brune super intelligente sans changer d'odeur puisque je n'en avais pas ! C'était sûrement extrêmement frustrant.

— Alors, on m'a chargé, puisque je suis le plus beau et le plus charmeur des loups-garous de nos terres, de…

— Je peux vomir dans l'escalier ? ou est-ce que je dois attendre de trouver une poubelle ?

— … te prendre par surprise avec mon charisme et mon esprit sans égal.

— N'oublie pas ton magnifique tee-shirt « I love Martha ».

— Eh ! Ne te moque pas de ma Martha ! Elle serait capable de botter ton cul de morte-vivante avec un rond de serviette en coquillage fait main caché derrière son dos.

— Derik, il te manque vraiment une case, tu sais ?

Il ne releva pas.

— Et alors, membre de la meute sans peur que je suis, je m'emparerai de la vérité comme un corbeau qui plonge pour se saisir d'un ver.

— Tu me traites d'asticot, là ?

— Pas du tout ! répondit-il en me suivant dans la nursery. Je t'ai comparée à un ver, ça n'a rien à voir. Rien du tout !

J'éclatai de rire. Je ne pouvais pas m'en empêcher. Ce gros balourd ne mentait pas quand il disait qu'il était le plus charmeur de leur meute.

— Tu es vraiment…

Je m'étais approchée du berceau pour prendre Bébé Jon. Soudain, je me rendis compte que j'étais seule. Quand je me retournai, j'aperçus Derik qui s'était réfugié – il n'y a pas d'autre mot – derrière la porte de la nursery.

— Qu'est-ce qu'il y a ? demandai-je, perplexe à l'image de ce géant blond recroquevillé sous le coup de la terreur.

— J'allais te demander la même chose. Merde !

Il se força à se redresser, s'ébroua entièrement, puis croisa les bras. On aurait presque dit… On aurait dit que le grand méchant loup essayait de se rassurer. Mais je me faisais sans doute des idées.

— Mes poils sont tellement hérissés qu'ils vont tomber. Du moins, j'en ai l'impression. Je n'ai jamais eu une telle chair de poule ! Je… Qu'est-ce que c'est ?

— Mon petit frère.

Bébé Jon ne pleurait même pas. Je l'avais placé contre ma hanche et il se contentait d'observer Derik en attendant patiemment son biberon. Quel amour ! Il était orphelin et affamé ; pourtant, il ne pleurait pas.

— Il n'est pas trop mignon ?

— Éloigne-le de moi ! m'ordonna Derik, en reculant davantage. (Visiblement, il n'aimait pas trop les bébés.) Il y a un truc pas net.

— Derik, qu'est-ce qui t'arrive ?

Je le suivis dans le couloir, sincèrement perplexe. Si Michael m'avait envoyé son « bon flic » pour me soutirer des renseignements, il avait une drôle façon de s'y prendre.

— Tu agis très bi…

— Ne fais pas ça !

Il leva les deux mains vers moi pour m'arrêter. Il essayait de se… protéger ? Non, impossible. Je n'étais simplement pas douée pour lire le langage corporel des loups-garous ou un truc dans le genre.

— Je risque de devoir te mordre, dit-il. Et pas de façon agréable, tu comprends ? Alors… Aaaaaaaah !

Le « aaaaah », c'était parce qu'il venait de dégringoler dans l'escalier, jusqu'au bas des marches.

Avec Bébé Jon dans les bras, j'avais été incapable de le retenir. Alors, je me contentai de l'observer, frissonnant en entendant plusieurs bruits sourds et une litanie d'insultes bien senties.

Je soupirai. Je reposai Bébé Jon dans son berceau, sans prêter attention à son hoquet de surprise, refermai la porte et descendis l'escalier.

Personne n'allait jamais croire que Derik avait dévalé les marches – toutes ces marches – sans aucune aide de ma part. Je me préparai à une autre dispute. Autant régler ça au plus vite.

C'était vraiment bête que ça arrive juste au moment où on commençait à se faire confiance.

Chapitre 19

— Merci d'être passés, répétai-je.

Même à la millième fois, ça sonnait toujours aussi faux.

Derik s'était vite remis et avait aussitôt expliqué ce qui s'était passé aux autres pour éviter qu'on en vienne encore aux mains. Ils étaient donc en train de partir et ne cherchaient nullement à dissimuler leur envie pressante de quitter ma maison. Si je n'étais pas aussi stressée, ça m'aurait sûrement amusée.

Derik me dépassa en boitant. Un miracle, étant donné qu'il s'était cassé les deux jambes en dévalant l'escalier. Ces types guérissaient aussi vite que Sinclair et moi… peut-être même plus. Sûrement grâce à leur régime hyper protéiné et riche en fer. Miam… j'en avais l'eau à la bouche. Je bavais presque tandis qu'il passait devant moi pour sortir. Pourquoi ne m'étais-je jamais rendu compte à quel point Anthonia était appétissante ?

Facile. Quand elle était là, Sinclair n'était jamais loin et son sang me suffisait. Parfaitement. Nous nous nourrissions pendant que nous faisions l'amour. Du coup, désormais, comme le chien de Pavlov – ou George de *Seinfeld*, qui associe la viande fumée au sexe –, dès que je sentais une délicieuse odeur de sang frais, j'étais excitée. Ce qui n'était pas vraiment…

— Pourquoi est-ce que tu me regardes comme ça ? demanda Derik en se massant le genou.

— Euh. Pour rien. Merci encore d'être passés. Et bonne chance pour retrouver la piste d'Anthonia.

Quand je leur avais proposé de leur montrer la chambre d'Anthonia et Garrett, histoire qu'ils reniflent les draps ou d'autres objets lui appartenant, ils m'avaient tous regardée comme si j'étais folle.

Je suppose que, dans mon esprit, j'imaginais une scène sortie tout droit d'un film d'actions : des limiers reniflant des draps et un pull sale avant de s'élancer dans la nuit en hurlant pour suivre la piste. Apparemment, dans la vraie vie, ça ne se passait pas comme ça. Et les loups-garous n'étaient pas des limiers.

Dommage, ces chiens étaient vraiment mignons.

— Sale vampire cinglée, marmonna Jeannie d'une voix tellement faible qu'elle pensait sûrement que je ne l'avais pas entendue.

— N'oubliez pas vos cadeaux d'adieu, m'écriai-je en poussant légèrement Lara pour qu'elle avance plus vite.

— Merci pour ton hospitalité, répondit Michael sans la moindre trace d'ironie.

On se serra la main tandis que les autres s'éloignaient. Il serra. Je serrai. Il serra plus fort. Moi aussi. À ce stade-là, n'importe qui d'autre aurait eu la main brisée.

— Nous allons faire quelques recherches en ville. Nous te tiendrons au courant, ajouta-t-il en haletant légèrement à cause de notre bras de fer.

— Je t'appellerai aussi, dis-je en agitant la carte de visite qu'il venait de me donner. Si j'ai des nouvelles.

— Merci. Bonne nuit.

— Toi aussi. Au revoir, Derik. Cain. Brendan. Lara, Jeannie. Michael.

— Betsy, intervint Jeannie, je voudrais te dire que je t'ai seulement tiré dessus parce que...

Je refermai la porte. Et comme il s'agissait d'une grande et lourde porte vieille de deux cents ans, elle coupa le sifflet à Jeannie avec un violent « Bam ! »

Si je pensais qu'ils avaient quoi que ce soit à voir avec les récents événements ? Non. Pas du tout. Les loups-garous n'étaient pas connus pour mentir ou commencer des conflits. Je doutais sérieusement qu'ils aient... quoi ? récupéré Anthonia, enfoncé un pieu dans le cœur de Garrett avant de venir ici et de se battre pour de faux, tout en faisait semblant d'ignorer où se trouvaient Anthonia et Garrett ?

N'importe quel vampire serait capable de vous concocter ce genre de plan minable en deux secondes. La meute de Wyndham ? Impossible.

Du moins, en apparence. Leur arrivée aujourd'hui était quand même une drôle de coïncidence.

Je n'arrivais pas à décider si leur présence en ville était une très très bonne ou une très très mauvaise chose. Dommage.

Je gravis les marches deux à deux pour sortir Bébé Jon de son berceau. Il fulminait. Je préparai un biberon frais – comme il aimait son lait frais, nous en gardions une réserve dans un petit frigo à l'intérieur de la pièce – et laissai le pauvre petit affamé se jeter dessus. Tandis que je retournais dans la cuisine avec lui, je repensai à la réaction pour le moins étonnante que Derik avait eue en voyant mon demi-frère. N'avait-il pas dit que sa femme était enceinte ? Il devait simplement être stressé.

Je rapprochai Bébé Jon de moi et embrassai sa petite tête brune.

— Il va falloir qu'il s'y fasse rapidement, lui dis-je. Sauf si, bien sûr, il aime dormir sur le canapé de la sorcière.

Le téléphone sonna au moment où j'approchais des portes battantes. Allons bon, quoi encore ?

Chapitre 20

— Majesté ?

— Tina ! Enfin ! Je suis contente de t'entendre ! (D'entendre n'importe qui sans fourrure, à vrai dire.) Qu'est-ce qui se passe ?

— Rien de bon, Majesté, je peux vous l'assurer. (Elle émit un son qui aurait ressemblé à un ricanement dans la bouche de n'importe qui d'autre.) Est-ce que vous allez bien ?

— À merveille ! Une bande de loups-garous est passée chercher la bagarre, mais…

— Vous voulez dire qu'ils ont pénétré par effraction ? m'interrompit Tina.

Puisqu'elle ne le faisait jamais, je supposai qu'elle agissait sous l'emprise du choc. Puis je me souvins de ses instructions bien précises que j'avais pour la plupart – toutes ? je n'arrivais pas à m'en souvenir – enfreintes depuis notre derrière conversation.

Heureusement pour moi, elle se trouvait sur un autre continent et un océan nous séparait. Elle pouvait seulement me faire la morale, pas m'étrangler.

— Eh bien non, pas exactement. Ils ont, euh, frappé.

— Et vous les avez laissés entrer ?

— Je te l'ai déjà dit. Ils ont frappé. On s'est battus. J'ai gagné, ne t'en fais pas.

Je décidai de taire l'épisode de Jeannie, qui tirait plus vite que son ombre. Tina détestait que je me fasse tirer dessus.

— En fait, ils pensaient qu'on leur cachait quelque chose parce qu'Anthonia ne s'est pas présentée à leur rendez-vous mensuel.

— Hmm.

— Mais je les ai persuadés que je ne m'étais pas débarrassée d'elle, ni rien, grâce à mes formidables ressources de diplomatie dignes de Henry Kissinger.

— Hmm hmm.

— Et maintenant, on est potes !

J'essayai de mettre le plus d'enthousiasme possible dans mon mensonge – ma phrase, je veux dire.

— Ce n'est pas génial, ça ? Au moment où l'on parle, ils sont en train de passer la ville au peigne fin à la recherche d'Anthonia pour la ramener par les poils du menton. Ah non, ça, c'est les trois petits cochons. Du coup, ça ne veut plus rien dire. Laisse-moi réfléchir à…

— Majesté, je vous en supplie…

— Je sais, je sais. J'ai répondu au téléphone et à la porte. Tout est parti en vrille parce que je ne t'ai pas écoutée. (Je plaçai Bébé Jon contre mon épaule pour lui faire faire son rot et lançai le biberon vide dans la direction de l'évier sans me soucier de rater ma cible.) J'aurais dû t'écouter.

Le bébé bâilla. Je savais ce qu'il ressentait. J'allais avoir droit à une leçon de morale.

— Majesté, je ne veux pas vous alarmer...

— Alors, ne le fais pas.

— ... mais j'ai bien peur que le roi soit mort.

— Tu vois. Ça, par exemple, c'est alarmant.

Je dus taper un peu trop fort dans le dos de Bébé Jon car il grogna avant de roter. Je le déposai dans le lit parapluie pour pouvoir faire les cent pas en toute tranquillité.

— Je suis désolée, Majesté, mais c'est la seule conclusion logique.

— Et qu'est-ce qui peut bien te faire croire ça ?

— En temps normal, il aurait déjà répondu à mes messages. En soixante-dix ans, il l'a toujours fait ! Nous possédons un code pour les urgences. Quand l'un de nous l'utilise, l'autre se doit de répondre, peu importe ce qui se passe dans sa vie. Il ne l'a pas fait.

— Il a oublié votre code super secret de vampires ?

— Je me rends compte que les plaisanteries infantiles sont une façon pour vous de faire face aux problèmes les plus sérieux, mais, avec tout le respect que je vous dois, Majesté, le moment est mal choisi.

— Compris, répondis-je, calmée.

— Il ne boude pas, comme vous semblez le penser. Il ne se cache pas. Il n'essaie pas d'échapper à ses obligations de futur marié. Mais surtout...

— Quoi encore ? Il y a pire que ça ?

— Il n'abandonnerait jamais la reine, dit-elle d'une voix douce, même si à ses yeux ce rituel de mariage est ridicule. Quelqu'un le détient. Ou l'a déjà tué.

— Que... Qu'est-ce qu'on va faire ?

Soudain, j'entendis un grand fracas et me rendis compte qu'à des centaines de milliers de kilomètres Tina venait de frapper dans un mur.

— Je ne vais rien faire du tout, dit-elle en hachant tous les mots. (Encore un impact. Elle cognait le mur comme Rocky Balboa avec un punching-ball.) Je ne peux pas rentrer. Il y a des émeutes en France. Tous les vols ont été annulés jusqu'à nouvel ordre.

— Des émeutes ?

— Vous avez sûrement regardé CNN... Peu importe.

— Ah, les émeutes ! Si, si, bien sûr. Les émeutes. Ces satanées émeutes françaises.

Elle ne prêta aucune attention à mon effort pour la convaincre que je me tenais au courant de l'actualité.

— Je ne peux même pas affréter un jet privé. Et prendre le bateau serait beaucoup trop long. Je suis coincée ici, Majesté. Alors que vous êtes toute seule.

— Tina, ce n'est...

« Pas grave », allais-je dire. Mais qui essayais-je de convaincre ? Tina, l'une des personnes les plus intelligentes que j'aie jamais rencontrées, pensait que Sinclair était mort. En d'autres termes, il... ne l'était pas.

Je choisis de me réfugier dans mon obstination. Elle avait tort, point final. Il fallait juste que j'arrive à la convaincre. Je ne comptais pas laisser la panique m'envahir. Pas question. Elle ne m'aurait pas. Elle allait devoir trouver quelqu'un d'autre à embêter ; je ne comptais pas coopérer. Sinclair n'était pas mort. Ni en danger.

Tina avait tort. Cette fois, alors que les enjeux étaient aussi importants pour elle que pour moi, elle était complètement à côté de la plaque. Pourquoi ? La tension de se trouver loin de la maison ? L'idée peu agréable de passer la douane à l'intérieur d'un cercueil ? Dans tous les cas, le stress lui faisait tirer des conclusions hâtives. Je ne pouvais même pas imaginer qu'il en soit autrement. Dans mon esprit, un monde sans Sinclair ne pouvait pas exister. Et n'était-ce pas ridicule ? Deux ans auparavant, je vivais très bien sans lui.

— Tina, arrête de taper dans le mur. Tu vas te faire mal.

— C'est déjà fait, répondit-elle d'une voix morne. Je me suis cassé la plupart des doigts de la main gauche.

— Dans quoi est-ce que tu frappes, ma parole ? du ciment ?

— Oui.

— Alors, arrête tout de suite. Trouve plutôt un moyen de rentrer.

— Mais les émeutiers… les routes sont fermées ou barrées. Personne ne peut passer. Je ne peux pas vous aider, ma Reine, je suis coincée ici.

Enfin, ça ressemblait plutôt à « iciiiiiii », parce qu'elle le siffla, au lieu de le prononcer normalement comme une personne qui n'était pas rongée par les remords et le chagrin.

Des émeutes, quelle coïncidence ! C'était typiquement français de ne pas se soucier de mes besoins à moi avant de déclarer la loi martiale.

— Je sais que ça ne doit pas être facile, mais ils vont bien finir par laisser les avions décoller. Ils sont obligés. Comment veux-tu que FedEx fonctionne ? Les gens ont besoin de leur colis express, Tina ! Ils veulent leurs produits Sephora et leur fromage. Les Français ne tiendront pas une éternité comme ça, fais-moi confiance. Les aéroports ne resteront pas fermés longtemps. Sinon, tu peux toujours quitter la France et prendre l'avion dans un pays où il n'y a pas d'émeutes dans la rue.

— C'est… un excellent conseil, Majesté.

Elle semblait surprise, mais je ne pouvais pas lui en vouloir. C'était bizarre qu'elle n'y ait pas pensé toute seule. Et que je l'aie fait à sa place. Ça montrait à quel point elle était perturbée par la situation, persuadée que Sinclair était mort. Ses conclusions l'avaient durement secouée.

— Je me mets en route tout de suite. Avec votre permission, je ne perdrai plus de temps à vous appeler tant que je n'aurai rien de nouveau.

— Très bien, Tina.

— Et, Majesté ?

— Ouais ?

— Essayez de suivre mes conseils, à partir de maintenant. Ne répondez pas au téléphone. N'ouvrez pas la porte. Je doute que celui qui a tu…

— Ne dis pas ça !

— Je doute que celui qui a enlevé le roi se contente de lui.

— C'est mieux. « Enlevé ». Oui, c'est le mot du jour. Sois prudente, OK ?

— Vous m'ôtez les mots de la bouche, dit-elle avant de raccrocher sans même un « au revoir, madame Placard ».

Chapitre 21

Il n'est pas mort.

Il n'est pas mort.

Il n'est pas mort, parce que s'il l'était, je le tuerais de mes propres mains.

Mais je devais regarder la vérité en face. Sinclair ne boudait pas dans son coin. D'abord, ce n'était pas son style. Il aimait engager le combat ; il ne battait jamais en retraite. Et puis, même s'il trouvait cette idée de mariage ridicule, il ne m'aurait pas laissée m'occuper toute seule des préparatifs à deux semaines du grand jour.

Enfin, il m'aurait peut-être laissée m'en occuper seule, mais il n'aurait jamais disparu comme ça. Je n'arrivais pas à m'en débarrasser quand je le détestais et, à présent qu'on s'aimait, il s'éclipsait ? Je n'y croyais pas cinq minutes.

Tina avait en partie raison : quelqu'un l'avait enlevé. Mais qui ? et pourquoi ? Et où diable était-il ?

Je jetai un coup d'œil à Bébé Jon qui, fatigué de jouer avec ses cubes, s'était laissé tomber sur le côté, le pouce vissé à la bouche. Il m'observait de ses yeux bleus mi-clos de fatigue tandis que j'allais et venais dans la pièce en réfléchissant et en me rongeant les ongles.

Au bout d'un moment, je m'assis à la table de la cuisine, croisai les mains devant moi et les examinai. *Ce n'est pas une coïncidence*, pensai-je.

Sinclair, Marc, Anthonia, Garrett, Cathie, Tina, Jessica, Nick, un double enterrement, Laura et ma mère. Tous ces gens avaient disparu ou s'étaient momentanément éclipsés de ma vie. Au même moment. La semaine où mon père et le Thon étaient morts. Deux semaines avant mon mariage avec le roi des vampires. Je me souvenais avoir souhaité que tout le monde me laisse tranquille pendant quelques jours, mais à ce point-là, c'était ridicule.

Qui avait tué mon père et ma belle-mère ? La coïncidence était trop parfaite. Bien trop parfaite.

Les coupables – peu importait de qui il s'agissait – ne savaient-ils pas qu'ils s'en prenaient à la reine des vampires ? Ne savaient-ils pas ce que j'étais, ce qu'on était capables de leur faire ?

Bien sûr que si. Mais ils s'en moquaient. Ils ne me considéraient pas comme une menace ; tous les vampires pensaient la même chose. Ils me croyaient seulement quand je les tuais. Et quand ça se produisait, la rumeur courait que c'était Sinclair qui leur avait réglé leur compte à ma place. Mêmes les Européens avaient attendu un an pour venir me présenter leurs respects.

Et qui espérais-je leurrer en me disant reine des vampires ? Si je ne faisais pas confiance au *Livre des Morts* quand il proclamait que Sinclair et moi étions mariés, comment pouvais-je le croire sur le reste ? « Tu ne peux pas avoir le beurre et l'argent du beurre, Bets », m'aurait dit Jessica.

Alors, qui s'était rendu compte de mes faiblesses et s'en était servi ?

Et que pouvais-je y faire ?

En supposant, bien sûr, que tout tourne autour de moi.

Je faillis éclater de rire. Évidemment que tout tournait autour de moi ! Mais pas de la façon dont je l'aurais voulu.

M'emparant du combiné téléphonique, je tapai le numéro de ma mère et attendis qu'elle réponde.

— Maman ? Écoute, j'ai besoin d'un service. Ça va être la merde dans les parages. Je ne suis pas sûre que Bébé Jon soit en sécurité ici. Est-ce que tu peux le garder quelques jours ? Maman ? Allô !

Chapitre 22

— Pour qui est-ce que tu te prends, jeune fille ?

J'observai ma mère, dont les bouclettes tremblaient de colère. Elle avait sauté dans sa Honda pour venir me botter le cul. Le seul problème, c'était que je ne comprenais pas pourquoi…

— Tu veux savoir ce qui me met autant en colère ?

— Pas vraiment.

— Eh bien, je vais te le dire quand même. Cet enfant est ta responsabilité. (Elle pointa un doigt non manucuré vers Bébé Jon, qui bâilla.) La tienne. Pas la mienne. Ni celle de ta sœur.

— Est-ce que Laura t'a parlé… ?

— La tienne. Mais aux premières difficultés…

— Premières ? m'exclamai-je.

— … tu accours vers moi pour que je soigne tes bobos et arrange tout. Je ne peux pas faire ça, Betsy. Tu es une adulte, maintenant. Il serait temps que tu commences à agir comme telle.

J'adressai un regard très agacé à ma mère, docteur Taylor, banlieusarde patentée. Je n'avais plus eu autant envie de la frapper depuis mes quatorze ans, lorsqu'elle m'avait prise la main dans le sac au centre commercial de Burnsville avec sa carte de crédit, alors qu'elle savait ce que ces promotions sur les chaussures signifiaient pour moi !

J'étais une adulte et il était temps que j'agisse en tant que telle, hein ? Voyons voir. Réfléchissons un peu à tout ce que cette adulte avait accompli et dont le docteur Taylor, en sécurité au milieu de ses livres, n'avait jamais entendu parler.

J'avais d'abord vaincu pas un, mais deux vampires psychopathes. J'avais retrouvé la trace d'un tueur en série et m'en étais débarrassée – enfin, pour le coup, les lauriers revenaient à Laura. J'avais la responsabilité de gouverner la nation vampirique, même si j'ignorais complètement de quoi il s'agissait. Puis il y avait eu les tensions à cause de la visite de la faction européenne et il avait encore fallu résoudre un meurtre. Dieu sait pourquoi, un zombie était apparu dans mon grenier et j'avais dû l'abattre. Toute seule. Comme une grande.

Oh ! Et n'oublions pas la meute de loups-garous qui est venue frapper à ma porte pour essayer de m'arracher la tête !

Bon d'accord, à vrai dire, ce n'était pas sa faute si elle n'était pas au courant de tout ça. Je l'avais intentionnellement laissée en dehors des affaires vampiriques, choix soutenu à cent pour cent par Sinclair et Tina.

Mais ce qu'elle savait aurait dû lui suffire : le stress du mariage, l'enterrement… Oh et j'étais soudain devenue la tutrice légale d'un bébé. J'avais failli l'oublier ! Même si elle ne connaissait pas tout de ma vie actuelle, elle savait l'essentiel : j'étais morte, j'étais revenue et ce détail compliquait légèrement mon existence. Oh, et mon père venait de mourir.

Mais apparemment, elle n'en avait pas terminé avec moi.

— C'est vrai, quoi, Betsy. Dès que les choses se compliquent un peu, tu as le réflexe de refiler le problème à quelqu'un d'autre. Grandis un peu !

— Est-ce que tu veux bien le garder pendant deux jours, oui ou non ?

Mon ton glacial dut la prendre par surprise car elle resta silencieuse un instant avant de répondre d'une voix beaucoup plus calme :

— Bien sûr. Laura m'a promis de m'aider. Je veux simplement que tu saches… que tu prennes conscience… que tu ne peux pas toujours…

Pitié. Je n'avais pas de temps à perdre. Je lui refilai le sac à langer et Bébé Jon installé dans son porte-bébé. Le reste du siège auto se trouvait près de l'entrée. Ma mère n'aurait plus qu'à les assembler et à les placer sur la banquette arrière de sa voiture.

— Merci. Salut.

Ma mère hésita, baissant les yeux vers Bébé Jon avant de les relever aussitôt. J'eus quand même le temps de voir une expression de révulsion passer sur son visage.

Ha, ha ! Pourquoi n'y avais-je pas pensé avant ?

— Je me rends bien compte que garder la personnification de l'infidélité de ton ex-mari n'est sûrement pas facile, mais cette semaine n'a pas été toute rose pour moi non plus, chère mère.

— Je sais, Betsy, c'est simplement que…

— J'ai du travail, chère mère.

— Quel genre de travail ?

— Juste une pédicure. La routine depuis que je suis morte et que j'ai été transformée en vampire, tu le sais bien. Merci de me tirer d'une de ces situations frivoles dans lesquelles je n'arrête pas de me fourrer.

— Betsy… Si j'ai parlé sans réfléchir…

Je décrochai le combiné du téléphone en la regardant dans les yeux. Elle serra le porte-bébé contre elle, avant de s'en rendre compte et de relâcher sa prise. Bébé Jon se contentait de l'observer. Moi aussi.

— Betsy, tu as besoin de parler ?

— Plus maintenant. (Je tapai le numéro de l'hôpital de Minneapolis.) Si tu veux bien m'excuser, je dois appeler le service de cancérologie. Tu te souviens de la nouvelle lubie de ma meilleure amie ? Complètement frivole, ça aussi ! Si tu l'entendais râler à cause de la chimio qui la fait vomir. Je suis sûre que ça te donnerait envie d'aller lui remonter les bretelles, à elle aussi !

— OK, j'ai mis les pieds dans le plat, admit ma mère d'une voix tellement normale et compréhensive que je faillis lui pardonner. J'ai été injuste et j'ai très mal choisi mon moment. Tu as raison. Je suis désolée. À part ça, dit-elle en désignant Bébé Jon, les sourcils froncés, je peux t'aider avec autre chose ?

— Ne dis pas de bêtises, maman. Je sais que tu as énormément de travail ce mois-ci, puisque ton département ne donne pas cours de tout l'été.

— OK, je l'ai bien méritée, celle-là. (Elle se dirigea vers le hall d'entrée.) Quand tu seras prête à écouter mes excuses, je serai ravie de te les faire. En attendant, ma chérie, appelle-moi si tu as besoin de quoi que ce soit. Et, oui, je suis consciente qu'après cette dispute t'encourager à m'appeler n'est absolument pas logique.

— J'allais justement te le faire remarquer, criai-je dans son sillage.

Tandis que j'attendais qu'on transfère mon appel vers la chambre de Jessica, je repensais à la série d'événements qui avait amené ma mère à garder le plus jeune enfant de sa rivale décédée. Je n'avais pas voulu appeler ma mère. Je n'étais pas totalement sans cœur. Du moins, à ce sujet. Je n'avais simplement pas réussi à joindre Laura… sûrement parce qu'elle parlait avec ma mère. Au moins, elles avaient un sujet de conversation en commun : Bébé Jon.

Il n'était pas en sécurité avec moi pour l'instant. Je ne l'étais pas moi-même, mais je n'avais pas peur de prendre des risques.

En revanche, je refusais de mettre en jeu la vie de Bébé Jon, probablement le seul bébé que j'aurais jamais.

Chapitre 23

Comme un connard d'infirmier refusait de transférer mon appel – pourquoi est-ce que mon charme de vampire ne marchait pas à travers les lignes téléphoniques ? –, je choisis de désobéir à Tina – décidément ! – et sautai dans une des Volkswagen de Sinclair. Ma Ford était au garage. Elle avait besoin d'un nouveau démarreur. J'arrivai à l'hôpital en moins d'un quart d'heure. L'avantage d'être morte ? Je n'avais plus à subir les heures de pointe.

Évidemment, à 22 heures, les visites étaient terminées depuis longtemps, mais je n'en avais rien à faire. Même quand j'étais en vie, ça ne m'aurait pas arrêtée. Parce que moi, Betsy Taylor, je suis… un ancien mannequin !

Le truc pour ne pas se faire virer d'une zone interdite au public, c'est d'avoir l'air occupé, comme si on avait tous les droits de se trouver là. J'avais appris cette combine durant ma première semaine de mannequinat… Ça m'avait permis d'obtenir un pass pour les coulisses d'Aerosmith. Bon, ça aide d'être grande et jolie, aussi.

J'ai été gâtée par la nature et je n'ai pas peur de le dire. Ne pas me servir de cet avantage, c'était comme si un peintre jetait ses pinceaux. Ou comme si Jessica n'avait pas voulu toucher son argent parce qu'elle l'avait hérité de son salaud de père. Pourquoi se compliquer la vie en refusant de se servir des atouts qu'elle nous donne ?

Dans tous les cas, j'avançais dans le couloir en direction de la chambre de Jessica. J'avais réussi à dépasser l'accueil, les ascenseurs, plusieurs postes d'infirmiers. Je n'étais plus qu'à une dizaine de mètres de mon but…

— Excusez-moi. Les visites sont terminées.

Je me retournai en affichant mon sourire « spécial forcenés des heures de visite ». J'en remis même une couche quand je remarquai que l'infirmier ne portait pas d'alliance. En plus, il était petit mais plutôt mignon : environ un mètre soixante, cheveux bouclés coupés court, très belle peau couleur café de luxe. De grands yeux magnifiques, le blanc presque bleu, brillant de santé. Il sentait la barbe à papa et les frites. Deux de mes aliments préférés !

Nous étions en train de nous sourire comme deux crétins lorsque je me souvins que j'avais une mission. Lui aussi.

— Écoutez, je suis désolé de devoir jouer les rabat-joie, mais les visites sont terminées depuis longtemps. Si vous voulez bien me laisser votre numéro de téléphone, je vous appellerai quand elles seront rouvertes.

Son audace me fit éclater de rire. « T. Starr, I.D.E. » était écrit sur son badge.

— Je me marie dans quelques jours, T. Starr, répondis-je. Mais c'est la meilleure proposition que l'on m'ait faite de toute la semaine.

— Zut alors ! s'écria-t-il en claquant des doigts. Je suppose que mon horoscope avait tort ce matin.

— Lisez plutôt les bandes dessinées, lui conseillai-je en retirant mes lunettes de soleil.

La lumière des néons me fit cligner des yeux de douleur l'espace d'un instant. Je croisai son regard.

— J'ai droit à un traitement de faveur, T. Starr.

— OK.

— Je peux aller et venir à ma guise à n'importe quelle heure.

— Bien sûr, pas de problème.

— Dis-le à l'infirmier en chef, d'accord ?

— Je suis l'infirmier en chef.

Les choses allaient enfin dans mon sens.

— Alors, parles-en à tout le monde, T. Starr. Betsy Taylor. Traitement de faveur.

— Bien sûr, vous pouvez aller et venir à n'importe quelle heure. Tout le monde le sait.

— Passe une bonne soirée.

— Pas de numéro de téléphone ? demanda-t-il d'un air dépité.

Je ricanai. Même en proie à mon hypnose maléfique, il essayait de me draguer. T. Starr irait loin.

Je poussai la porte de la chambre de Jessica sans prêter attention au bruit des charnières hydrauliques, ou en tout cas ce qui faisait grincer ces grandes portes comme ça, et pénétrai à l'intérieur de la pièce au moment où un connard disait :

— … vraiment une forme très rare de cancer du sang. C'est un cas d'étude fascinant.

— Non, merci, répondit Jessica.

Sauf que ça ressemblait plus à un soupir. La voix habituellement stridente de ma meilleure amie ne fonctionnait qu'à quinze pour cent de son volume habituel.

— Mais mes collègues pourraient prendre connaissance de votre cas dans la revue de l'AMA. Ils pourraient aider d'autres personnes souffrant de la même condition.

Grâce à mes deux ans de secrétariat médical, je savais ce qu'AMA signifiait : Association médicale américaine. Leur revue et celle intitulée *The Lancet* étaient les deux plus grosses publications permettant aux médecins de parler des bizarreries qu'ils rencontraient.

— Non, merci.

— Allons, mademoiselle Watkins, vous ne trouvez pas que c'est un peu égoïste de votre part ? (Un docteur ne pouvait pas écrire sur un patient sans sa permission.) Vous ne pensez pas, mademoiselle Watkins ?

Mais ils étaient censés poser la question aux malades. Pas les harceler ou les faire culpabiliser.

Au moment où j'allais me lancer à la rescousse de Jessica, la porte de la salle de bains s'ouvrit à la volée et la voix de l'inspecteur Nick Berry résonna :

— La dame t'a dit « non », connard. Va voir ailleurs si j'y suis.

Contre toute attente, j'étais contente de le voir, mais je me posais pas mal de questions… Quand trouvait-il le temps de dormir ? ou de travailler ? Et comment faisait-il pour ne pas se faire éjecter de l'hôpital, lui ?

— Inspecteur Berry, ce serait dommage que je doive vous refuser l'accès à ce service. Vos visites semblent avoir un effet positif sur ma patiente.

— Non… (La voix de Jessica ne tenait plus qu'à un fil. Parler la faisait visiblement souffrir.) Ne faites pas ça… je peux peut-être… vous aider…

— Pas question, ma puce, répondit Nick.

— Ouais, dis-je à mon tour. (J'essayai de claquer la porte derrière moi, mais cette traîtresse se referma très lentement sur ses gonds grinçants.) Pas question, ma puce.

En voyant les hommes sursauter – Jessica n'en avait pas la force –, je compris qu'ils n'avaient pas remarqué ma présence avant que je parle.

La tête de nœud qui s'en prenait à ma meilleure amie ? Quand il n'était pas rouge comme une tomate, il n'était sûrement pas si mal que ça. Cheveux bruns en bataille, coupés court. Environ ma taille, avec des yeux bleu-vert et un nez imposant. Épaules voûtées, trop mince pour sa taille. Ses poignets maigrelets dépassaient des manches de sa blouse. En d'autres termes : un geek parvenu à l'âge adulte. N'oublions pas de mentionner son rougissement spectaculaire ! Je n'arrivais pas à déterminer s'il était en colère ou gêné. J'espérais qu'il s'agisse de la deuxième solution.

— Hé, raclure ! Quand on te dit « non », c'est « non ».

— Qu'est-ce que vous fabriquez tous ici après les heures de visite ? bafouilla B. McGill, docteur en cancérologie.

— On est ici pour te botter le cul.

Je traversai rapidement la pièce. Nick avait dégainé son arme. Visiblement, je l'avais surpris, lui aussi. Puis je soulevai B. McGill. En le tenant par la gorge. Je ne vais pas vous mentir : ça faisait un bien fou !

— Ne t'en prends plus jamais à mon amie, compris ? lui dis-je en ponctuant chacun de mes mots d'une secousse assez forte pour lui faire claquer les dents.

Les yeux de B. McGill menaçaient de rouler dans leurs orbites.

— Lâche-le, Betsy, il est à moi.

— Ne t'en mêle pas, Nick. Je meurs de faim.

— Ooooh. (Jessica sourit.) Je n'aime pas quand papa et maman se disputent.

— Je ne peux pas te laisser commettre un acte criminel, même si c'est le dernier des connards.

— Nick ? poussin ? Tu ne pourrais pas m'arrêter avec un lance-flammes !

— Arrrggg, réussit à dire B. McGill.

— Betsy, il y a des jours où je ne te déteste presque pas, alors ne me force pas à tirer.

— Oh, vas-y, ne te retiens pas ! rétorquai-je. Avec la semaine que je suis en train de vivre, tu crois vraiment que j'ai peur de ton 38 mm ?

Qu'avait-il fait de son Sig ? Combien avait-il de flingues sur lui, bordel ?

— Du calme, les enfants, intervint Jessica.

— Arrrrggg.

— Pose-le. Tout de suite !

— Pas envie.

— rrrggg !

— Les enfants ?

J'entendis un « clic » tandis que Nick armait son revolver. La balle glissa en position. Le canon avait l'air plutôt gros. Ça m'allait très bien. Enfin un ennemi que je pouvais combattre, un problème auquel je pouvais faire face. *Agressivité mal placée*, me souffla la voix de Sinclair dans mon esprit. C'était agaçant. Pour un fiancé mort-vivant en cavale – peut-être mort tout court –, il était un peu trop présent dans ma tête.

— Les enfants, B. McGill a perdu connaissance.

Je le regardai. Nick aussi. Jess disait la vérité. Le médecin avait la tête penchée en avant et bavait sur mon poignet. Et merde ! Ce n'était vraiment pas drôle ! Quand je le lâchai, il s'effondra par terre de manière peu élégante. Nick rangea son arme.

On se fusilla du regard par-dessus le lit de Jessica.

— Refais ça encore une fois et je t'arrête.

— Vise-moi encore une fois et je te bouffe.

— Ce ne serait pas la première fois, rétorqua-t-il.

Il versa un verre d'eau à Jessica et redressa son lit pour qu'elle puisse s'asseoir. Il la surveilla comme une chatte en colère contre son chaton tandis qu'elle buvait.

— Oh, comme si c'était une partie de plaisir pour moi ! Mets-toi bien ça dans le crâne, abruti, j'étais une toute nouvelle morte-vivante ! Je ne savais même pas que j'étais un vampire avant que mes canines sortent. Je suis venue te demander de l'aide, tu te souviens ?

— De l'aide ? s'exclama-t-il.

— Comment étais-je censée savoir que ça allait mal tourner ?

— Tu ne te doutais pas que me mordre dans le cou et boire mon sang pouvait poser problème ?

Je tressaillis. *Un point pour Nick. Pas grave.*

— Au cas où tu ne l'aurais pas compris, je suis une gentille ! Je tue les méchants vampires, j'arrête les meurtriers en série et… et…

Je commençais à être à court d'arguments. À part ça, qu'avais-je fait de bien ? Il y avait sûrement d'autres choses…

— Bien sûr que tu arrêtes des meurtriers ! D'après toi, pourquoi est-ce que je te fournis des renseignements depuis dix-huit mois ? parce que je suis fou amoureux de toi ?

— C'était la théorie principale, admis-je. (Je me fis soudain l'effet d'une pauvre conne prétentieuse.) Mais je la remets en question. J'ai bien compris que tu ne, euh, m'aimes pas.

— Plutôt crever, sangsue sur pattes ! Je rêve de t'enfermer dans une cellule ensoleillée.

Jessica ne broncha pas et je gardai une expression totalement neutre. Nick ne savait donc pas tout à mon sujet. Dieu merci ! Il pensait sûrement qu'une croix et de l'eau bénite suffisaient à me blesser. Génial.

— Tu sais quoi, Nick ? Je suis contente que tu ne m'aimes pas. Parce que tu n'es qu'un sale petit flingueur qui transpire la testostérone, démarre au quart de tour et ne voit pas plus loin que le bout de son nez.

— Vous voulez bien arrêter, tous les deux ? demanda Jessica. Je ne suis vraiment pas bien, aujourd'hui. Ce soir. Peu importe.

— C'est lui qui a commencé.

— Non, c'est toi.

— Eh bien moi, je finis ! Je retourne ce lit d'hôpital tout de suite si vous n'arrêtez pas. Et avant que tu me poses la question, Bets, je ne lui ai rien dit.

— Bien sûr que non.

Jessica était blanche comme un linge et avait perdu beaucoup de poids. Le problème, c'était qu'à la base elle n'était déjà pas bien grosse. Deux kilos, c'était seulement dix pour cent de son poids. Enfin, j'exagérais peut-être un peu.

— L'hypnose de Sinclair a arrêté de fonctionner. Nick et moi en avons déjà discuté.

— Ouais. Eh bien, tu sais quoi ? Quand je sortirai d'ici, il faudra trouver un moyen pour que tout le monde s'entende.

Je grimaçai. Quant à Nick, on aurait dit que quelqu'un lui avait placé un scorpion sur la langue.

J'enjambai le connard inconscient pour prendre délicatement le menton de Jessica entre deux doigts. Je regardai sa gorge d'un côté, puis de l'autre, avant de jeter un coup d'œil à ses poignets.

Rien à signaler. À présent, je devais vérifier ses cuisses – je me réjouissais déjà de ses protestations – et ses…

— Pas la peine, marmonna Nick. J'ai déjà regardé.

— Oui. Je pensais que ça allait devenir intéressant, alors que c'était simplement un examen. Qu'est-ce que vous cherchez, au juste ?

— Il se passe beaucoup de choses étranges en ce moment, expliquai-je. C'est quand même drôle que tu subisses une aussi grosse rechute au moment où tout le monde disparaît.

— Aucune morsure, me dit Nick. Même pas une égratignure.

— Alors, c'est une simple coïncidence ?

— Heureusement pour toi, oui.

— Oh, ça suffit, range tes deux flingues, rétorquai-je. Tu n'impressionnes personne.

— Si, moi ! intervint Jess avec enthousiasme. Tu ne peux même pas imaginer à quel point ça m'excite !

— Je ne veux pas savoir, je m'en vais.

— Attends ! Tu as dit que tout le monde avait disparu ? Tu parles de qui ?

— Je te raconterai toute l'histoire après, OK ?

— Après quoi ?

J'entendis la question de Nick alors que la porte se refermait lentement derrière moi.

— Quand tout sera fini, marmonna Jess. Elle me met toujours à l'écart quand ça devient marrant. Elle ne m'en parle qu'une fois que c'est trop tard pour que je puisse m'amuser avec eux.

— Mouais, répondit Nick.

Je n'arrivais pas à croire que, pendant tout ce temps, je pensais qu'il était de mon côté ! Qu'il m'appréciait. Alors que c'était un mensonge : il me détestait et me fournissait des renseignements pour que je le débarrasse des criminels. Sans se soucier, je suppose, que je sois blessée ou tuée au passage.

Putain, il s'était même déplacé exprès pour me parler du tueur en série que Laura avait liquidé ! Comme je ne regarde jamais les infos, il savait que je n'étais pas au courant.

Quel connard manipulateur ! Il se jouait de nous depuis si longtemps que…

Hein ? Quoi ?

Je fis volte-face et retournai vers la chambre d'un pas rapide. Je donnai un coup dans la porte, attendis patiemment qu'elle s'ouvre puis me précipitai à l'intérieur et attrapai Nick par la tête avant qu'il ait le temps de se retourner et encore moins d'attraper son arme.

— Betsy ! Qu'est-ce que tu fais, bordel ?

Je ne prêtai aucune attention à Jessica.

— Nick.

— Oui.

— Tu dois me dire la vérité, Nick.

— Oui, bien sûr.

— Es-tu responsable de la disparition de Sinclair ?

— Si seulement !

— Est-ce que tu connais le coupable ?

— Non, mais je lui tire mon chapeau.

Je réfléchis un instant, sans briser le contact visuel.

— Est-ce que tu as un conseil à me donner ?

— Reprends tout depuis le début. Retrouve-le. Tue-le.

— Tout reprendre depuis le début ?

— Qui d'autre a disparu ?

— Marc. Cathie le fantôme. Tina. Mon père et sa femme. Anthonia. Garrett.

— Alors, c'est personnel. Tu sais déjà qui est à l'origine de tout ça. Reprends tout depuis le début.

Je l'observai d'un air pensif. Il rêvait les yeux ouverts, regardant à travers moi sans vraiment me voir.

— Je suis désolée pour ce que je t'ai fait, Nick, et pour ce que je viens de faire. Tu te souviendras de tout… dans cinq secondes.

— C'est ça, dit Jessica d'un ton sec, laisse-moi ramasser les morceaux.

— Désolée, chérie. À plus !

— Laisse-moi deviner, brailla-t-elle. (Wahou ! L'eau l'avait vraiment requinquée.) On se reverra une fois que tu auras tout repris depuis le début ?

Exactement.

Chapitre 24

Qu'est-ce que ça pouvait bien vouloir dire ? Ce n'était pas comme si j'avais l'étoffe d'un détective ! D'habitude, c'était les gens autour de moi qui s'occupaient de réfléchir. Je préférais largement ça. Ça me rassurait de savoir que Tina et Sinclair réglaient tous les problèmes. Qu'un autre vampire que moi surveillait les Monstres. Que deux autres vampires géraient le *Scratch*, ma boîte de nuit. Jessica avait même engagé quelqu'un pour nourrir mon chat, c'est dire ! Alors, je passais mes nuits à lire, boire, baiser, planifier le mariage, jouer à la barmaid dans la cuisine avec mes amis et combattre les forces du mal de temps en temps… toujours avec un peu d'aide.

Dans la cuisine, le témoin lumineux du répondeur clignotait. Je le regardai de travers avant d'appuyer sur le bouton « lecture ».

« Salut, Betsy. Michael Wyndham à l'appareil. On a fait chou blanc. La piste d'Anthonia et de son mâle n'a rien donné. Les membres de la meute qui habitent dans le coin ne les ont pas vus non plus. On continue de chercher. Appelle-moi si tu trouves quoi que ce soit. »

« Salut, ma chérie, c'est maman. Le bébé va bien. J'ai pensé que tu aimerais le savoir. Si tu as besoin de l'une d'entre nous, Laura est avec moi... À bientôt ? »

Eh bien, Eh bien. Ces deux-là s'entendaient comme cul et chemise.

« Salut, Betsy, c'est Marc. Rappelle-moi dès que tu auras ce message. »

Il m'avait laissé un numéro de téléphone, différent de celui de son portable, avec un indicatif téléphonique que je ne reconnaissais pas.

« Bonjour, Jessica, c'est Don. Je me suis occupé de la déduction fiscale dont vous m'aviez parlé. Il faudrait simplement que vous signiez quelques papiers. Je peux passer chez vous quand vous voulez. On pourra économiser 1 million. Et comme vous le dites si bien, il vaut mieux les donner à une association caritative qu'au gouvernement. Vos désirs sont des ordres. Rappelez-moi. »

Ah, Don Freeman, le comptable le plus sexy du monde ! La première fois qu'il était venu à la maison – il apportait toujours des papiers à Jessica pour qu'elle les signe ; personne ne demande à un milliardaire de se déplacer –, je l'avais pris pour un joueur de football américain. Des épaules larges comme ça !

« Betsy, qu'est-ce que tu fous ? Pourquoi tu ne me rappelles pas ? C'est encore Marc. Appelle-moi, OK ? Je commence à m'inquiéter. »

Il commençait à s'inquiéter ? Lui ? Il paraissait en parfaite santé pourtant. Pas mort du tout. Ni sous la torture. Je m'emparai du téléphone, écoutai de nouveau le premier message et tapai le numéro qu'il m'avait donné.

— *La Crique du pirate*, Petit Caïman, bonjour !

— Euh, OK. J'aimerais parler au docteur Marc Spangler. Il m'a laissé ce numéro.

— Je crois qu'il est sorti faire de la plongée. *(De la plongée ?)* Est-ce que vous pouvez patienter pendant que je vérifie ?

— Prenez votre temps, dis-je en serrant les dents.

J'entendis un claquement quand mon interlocuteur posa le combiné du téléphone.

Il était en vacances ! J'allais le tuer ! J'allais le bouffer tout cru, le découper en tout petits morceaux avant d'y mettre le feu. Puis je forcerais ses cendres à regarder la rediffusion de *Survivor*, saison 4. Et ensuite…

— Allô ! demanda Marc en haletant. Betsy, c'est toi ?

— Désolée d'interrompre ta séance de plongée, répondis-je froidement.

— Ah non, c'était ce matin. Je suis resté au bar pour attendre ton appel. Ça fait des jours que j'essaie de te joindre.

— Oui, je sais. Qu'est-ce qui se passe ? Tu es vraiment aux Bahamas ?

— Aux îles Caïman, me corrigea-t-il. Eh oui. Mais c'est un trou perdu. Les téléphones portables ne fonctionnent pas, ni leur connexion à Internet. En plus, on vient d'avoir un énorme orage, ce qui n'a rien arrangé. Le prix des cours de plongée a chuté, du coup.

— Mais qu'est-ce que tu fabriques là-bas ?

— Je passe mon temps à baiser ! répondit-il avec un peu trop d'enthousiasme à mon goût. Tu te rappelles de Kevin Ketterling ? mon collègue pédiatre trop craquant ?

Je me souvenais vaguement d'avoir entendu Marc parler d'un nouveau à l'hôpital, mais je n'y avais pas vraiment prêté attention puisque d'habitude il n'avait pas de vie sociale à part… nous.

— Eh bien, poursuivit-il gaiement, on a eu nos quatre jours de congé en même temps et sa grand-mère est propriétaire de cet hôtel. Alors, sur un coup de tête…

— Tu as quitté le pays avec un parfait inconnu.

— C'était plus romantique dans mon esprit, avoua-t-il.

— Marc ! Tu te rends compte à quel point j'étais inquiète ?

— Je suis désolé, Betsy. Comme je te l'ai dit, c'était un coup de tête. J'ai essayé de t'appeler à l'instant où je suis arrivé ici. C'est David qui a pensé à utiliser le téléphone fixe de l'hôtel. Je n'arrive pas à croire que ça ne m'ait pas traversé l'esprit en trois jours.

— Je suppose que tu avais autre chose en tête.

— Et en bouche ! ajouta-t-il gaiement.

— Merci pour cette horrible image mentale.

— L'homophobie commence à pointer son sale petit museau ?

— Chéri, si Jessica me racontait qu'elle met une certaine partie de l'anatomie de Nick dans sa bouche, j'aurais exactement la même réaction.

— Tiens, elle est dans le coin ? Passe-la-moi. Le père de David est un grand ponte en cancérologie à New York. Il a quelques idées intéressantes.

— Euh…

La tentation de déverser tous mes problèmes à travers la ligne téléphonique était presque trop forte. Il aurait pu rentrer dès le lendemain. Je ne serais plus seule. C'était un docteur, il était intelligent, drôle. Nous étions de bons amis. Il pouvait m'aider. Il le ferait sans hésiter.

Tout ce que ça lui coûterait, ce serait ses premières vacances depuis des années. Sa première escapade romantique en cinq ans.

J'ouvris la bouche. *Marc, à la rescousse !*

Mais mes lèvres n'écoutaient pas mon cerveau, car ce qui les franchit ne correspondait pas du tout à mes pensées :

— Elle est allée faire le plein de thé et de crème. Je lui parlerai de ton nouveau petit jouet, ne t'inquiète pas.

— Un gros jouet, s'il te plaît, Blondie. Je serai de retour dimanche, OK ? Les préparatifs du mariage avancent ?

— Hein ? Oh. Tout va pour le mieux. J'ai trouvé ma robe et Sinclair a déjà une quarantaine de costumes, de toute façon. (Deux mensonges pour une vérité.) Je suis contente de savoir que tu vas bien. J'étais… inquiète.

— Qui pourrait bien s'en prendre à moi ? Alors que tu serais là pour leur botter le cul ?

C'était la grande question. Au moins, ils n'avaient pas réussi à s'en prendre à Marc.

— On se voit dans quelques jours, d'accord ? Appelle-moi à ce numéro si tu as besoin de quoi que ce soit.

— T'inquiète ! Tout va bien. Amuse-toi, surtout. Et embrasse Je-ne-sais-plus-qui sur la joue de ma part.

— Tu n'es vraiment pas romantique, me taquina-t-il. Pas pour un sou.

Il raccrocha.

Alors, je me retrouvai seule. Une fois de plus.

Chapitre 25

Tout reprendre depuis le début.

Le responsable de ce foutoir n'a pas peur de moi.

Qu'est-ce que ça voulait dire ? Est-ce que je me faisais des illusions en pensant jouer au détective ? Peut-être que c'était une simple série de coïncidences. Après tout, j'étais une vampire. Et j'avais pour amis des fantômes, des vampires, des loups-garous, des millionnaires et des médecins urgentistes. Ça paraissait logique que des conneries de ce genre se produisent. Ça arrivait. Mais pas à tout le monde en même temps. Du moins, d'habitude.

Je jetai un coup d'œil à ma montre. Presque 23 heures. Trop tard pour appeler ma mère. Je n'étais pas d'humeur, de toute façon. Les loups-garous, eux, étaient sûrement encore réveillés.

Je tapai le numéro de Wyndham. Il répondit aussitôt.

— Oui, Betsy ?

— Comment tu savais que c'était moi ?

— L'affichage du numéro, voyons. Que puis-je faire pour toi ? Tu as des nouvelles de nos brebis égarées ?

— Non, je me contentais de te rappeler. Attends une minute. Mon nom ne devrait pas s'afficher sur…

— Non, mais celui de la propriétaire de la maison, si. Elle est à l'hôpital en ce moment, non ? Il y a peu de chances pour qu'elle m'appelle. (Il marqua une pause.) On a mené notre petite enquête, ma chère.

— Ah oui ? rétorquai-je, un peu inquiète.

— Et, depuis notre arrivée, on a fait d'autres recherches plus approfondies. On ne fera plus l'erreur de te sous-estimer.

Il rit d'une voix rauque et profonde.

Derrière lui, j'entendis :

— C'est Betsy ? Passe-la-moi !

— Arrête ça. Tu es marié, murmura-t-il avant de reprendre un ton normal. Betsy ? Tu es toujours là ?

— Bien sûr, grommelai-je. Où veux-tu que je sois ?

— Comme je te l'ai dit dans mon message, chou blanc. Tu ferais mieux de te préparer au pire.

— C'est ce que je fais depuis que je suis morte, mentis-je pour paraître plus forte que je ne l'étais.

— Oui, oui. Mais pour l'instant, on a un plus gros problème.

— Génial. Dis-moi tout.

— La pleine lune, ma chère. Dans deux jours.

— Quoi ?

— La pleine lune. Tu sais, quand on devient tout poilus ?

— Ne te moque pas de moi. Désolée. Le loup-garou avec qui je vivais, avec qui je vis, ne fait pas ce genre de chose.

— Exact. Mais nous, si. À part Jeannie qui est humaine et Lara qui est trop jeune.

J'entendis vaguement un :

— Allez, laisse-moi lui parler !

— La ferme ou j'appelle ta femme. Betsy ? Tu es toujours là ?

— Oui, répondis-je. (Ma patience était presque à bout.) Vous allez quitter la ville ?

— Pas du tout. On reste ici.

— Tu crois que les gentils habitants de Minneapolis ne se rendront pas compte que des loups-garous se promènent sur Nicole Avenue ?

— Fais-nous un peu confiance, Betsy. Pour tout te dire, on a peut-être plus de chances de retrouver Anthonia et son mâle si on est à quatre pattes. Nos sens sont beaucoup plus développés sous la pleine lune.

— Alors, allez-y. Courez en hurlant à la lune. Amusez-vous bien et tenez-moi au courant.

— J'ai un service à te demander.

— Je m'en serais douté.

— Est-ce que ma femme et ma petite pourraient rester chez toi pendant la première nuit de pleine lune ? Nous sommes dans une ville inconnue. Je ne veux pas les laisser seules quand la meute chasse.

Dans le fond :

— Je n'ai pas besoin d'une putain de baby-sitter, Michael !

— Euh… Tu devrais peut-être voir ça avec ta petite femme d'abord, risquai-je.

— Je vais faire semblant de ne pas avoir entendu comment tu l'as appelée, dit-il d'une voix moqueuse. Est-ce que tu acceptes ?

Je soupirai. *Je ne comprends vraiment pas ces gens.*

— Bien sûr. Je ne suis pas contre un peu de compagnie. Par contre… Michael ?

— Oui ?

— Dis-lui de laisser son flingue chez elle.

— Elle ne le dégainera pas ! répondit-il, outré.

— Vous arrivez quand ?

— Dans deux jours, peut-être avant. On t'appellera avant de venir.

— J'ai hâte, tu ne peux pas savoir ! marmonnai-je en raccrochant.

Derik avait raison. C'était vraiment un problème de culture.

Chapitre 26

— Je pense que c'est un signe de Dieu, dit Laura, ma demi-sœur, en prenant une gorgée de son thé orange pekoe.

Je réussis à réprimer un grognement. Elle était passée prendre le thé, vingt minutes après mon réveil. En tant que reine, je pouvais me réveiller vers 16 heures et sortir sans griller sur place.

Comme d'habitude, elle était d'une beauté écœurante : à peu près ma taille, avec des cheveux blonds attachés en une queue-de-cheval bien sage. Pas de maquillage. Un pantacourt couleur fauve et un chemisier bleu délavé. Des tennis en toile bleu marine, une chaussette de la même couleur, l'autre noire. De grands yeux bleus magnifiques soulignés par des cils comme on n'en voit que sur les petits garçons.

J'avais sérieusement pensé à l'évincer de mon mariage parce que, même dans ses mauvais jours, elle serait toujours plus jolie que moi quand j'étais au top. Heureusement, j'avais vite repris mes esprits. Enfin…, ça ne m'avait pris que six ou sept jours.

— Je t'assure. Je pense que Dieu essaie de te faire passer un message, poursuivit la fille du diable. (Ai-je déjà mentionné ce détail ? Elle se rebelle contre sa mère, la reine des enfers, en étant une pratiquante fervente.) Tu devrais le voir comme un signe. J'en ai parlé dans ma prière, hier, justement.

— Laura, où est-ce que tu veux en venir, à la fin ?

Elle fronça les sourcils.

— Pas la peine de réagir comme ça. Je dis seulement que ton mariage avec le roi des vampires n'est peut-être pas censé avoir lieu. Il aurait pu choisir un tout autre moment pour te quitter. Pourquoi maintenant ?

— C'est bien le problème, Laura.

Je délaissai ma tasse de thé. J'avais tellement soif que ça me rendait dingue, mais je n'en avais rien à faire.

— Je ne pense pas qu'il m'ait quittée de son propre chef. Je pense qu'il a été enlevé.

— Mais pourquoi ? Pourquoi quelqu'un ferait une chose pareille ? Non, je crois que le mieux, c'est d'annuler ce mariage et t'estimer heureuse qu'il n'ait pas décidé de te montrer son vrai visage au bout d'une centaine d'années de vie commune. Tu aurais été bien trop impliquée émotionnellement, alors.

— Laura, il ne s'est pas enfui. Tina en est persuadée, elle aussi.

— Oh, elle ! (D'un geste désinvolte, Laura dénigra l'amie la plus loyale de Sinclair.) Une autre vampire. Qu'est-ce que tu voulais qu'elle dise ? Tu te plains toujours qu'elle lui obéit plus qu'à toi.

C'était la vérité. Je m'étais confiée à Laura à ce sujet. Mais je n'aurais jamais imaginé qu'elle me le renverrait en pleine figure. Je commençais à perdre mon calme.

— Elle s'inquiète pour lui. Moi aussi.

— C'est une vampire. Elle ment.

— Je suis une vampire, moi aussi, je te rappelle.

— Je sais. Je vois bien que tu fais de ton mieux.

— Quand tu m'as dit que tu voulais passer à la maison pour élaborer un plan d'action, c'était ce que tu avais en tête ?

— J'essaie de t'aider, répondit-elle en me prenant la main. (Je m'écartai aussitôt.) Tu as besoin d'amis, Betsy. Avec ta mère, et Jessica qui est malade, je suis la seule qui tient à toi.

— Laura, chérie, fais gaffe avec les commentaires de merde : tes yeux commencent à virer au marron.

Elle se raidit.

— Ne le prends pas comme ça.

— Alors, arrête tes conneries ! C'est pas vrai, tu es vraiment venue chez moi pour… ?

— Chez Jessica.

— Pour m'encourager à renoncer à l'homme que j'aime ? Qui a peut-être été enlevé ou tué ? Pour démonter Tina, qui passe tout son temps à rendre nos vies plus agréables et s'assurer qu'on ne se fasse pas tuer ?

— Dieu ne veut pas que tu t'associes avec ces suppôts de Satan, dit-elle d'un air dédaigneux. Ne fais pas semblant de ne pas voir Ses signes.

— Qu'est-ce que tu sais à propos de Dieu, au juste ? Sale rejeton psychopathe du diable !

Elle s'était levée. Moi aussi.

— Ne me parle pas sur ce ton ! cria-t-elle d'une voix suraiguë, à quelques centimètres de mon visage.

— Sinon quoi ? Tu vas me donner d'autres conseils merdiques sans penser à ce que je peux ressentir ?

— Ce n'est pas ma faute si cette créature a trompé notre père et m'a conçue avant de retourner en enfer !

— Ce n'est pas ma faute non plus si je suis une vampire et que je suis tombée amoureuse d'un autre vampire !

— Tu peux choisir avec qui tu vis et avec qui tu… forniques. Je ne peux rien faire à propos de mes parents.

Je sentis mes yeux sortir de leurs orbites.

— Tu veux qu'on se batte pour savoir qui de nous deux est la pire pécheresse ?

— Tu as choisi de t'associer à lui, poursuivit-elle, alors que moi, je n'ai jamais rien demandé.

— Ha, ha ! La prude montre enfin le bout de son vilain nez. Ce n'est pas le mariage qui t'embête, c'est le fait qu'on vive dans le péché.

— C'est un signe, répondit-elle, bornée. Tu es aveugle si tu n'es pas capable de t'en rendre compte.

Une pensée atroce me vint à l'esprit.

— Laura ? Chérie ? Est-ce que tu m'as pris mon fiancé ? Est-ce que tu l'as poignardé avec ton épée de lumière ?

— Pas du tout !

— Ne monte pas sur tes grands chevaux, Laura. Je t'ai déjà vue piquer une crise. Quand tu te mets en colère, en général, des gens meurent.

— Pas du tout ! Pas de vrais gens en tout cas. Et puis tu peux parler, toi ! Tu bois du sang pour te maintenir en vie. Toi et les tiens, vous êtes des abominations.

— Au moins, on ne se promène pas avec des chaussettes dépareillées !

— OK, ça suffit. (Elle leva les mains au ciel.) Je m'en vais. J'aurais dû me douter que tu rejetterais mes conseils avisés.

— Rejette ça, pour voir, rétorquai-je avec un doigt d'honneur.

À son expression, on aurait dit qu'elle avait trouvé un insecte dans ses céréales. La mienne ne devait pas être bien différente. Quand elle se retourna, je l'attrapai par les épaules et la poussai violemment. Elle rebondit contre le mur et tomba par terre. Pourtant, elle se remit immédiatement debout. Le timing idéal pour que je l'attrape par la gorge et la plaque contre la tapisserie.

C'est alors que j'aperçus une lumière éclatante juste sous mon œil gauche. L'épée de Laura. Elle pouvait la matérialiser selon son bon vouloir. Forgée dans les flammes de l'enfer, la lame faisait frire les vampires avant de les réduire en cendres. Je n'avais pas la moindre idée de ce qu'elle devenait quand elle disparaissait.

— Lâche-moi, grogna-t-elle.

— Range ça, rétorquai-je.

— Lâche-moi, je te dis.

— Et moi, je te dis de ranger ça !

La lumière que produisait son épée… Si mes yeux avaient pu se remplir de larmes, ils l'auraient fait. J'aurais même été en train de pleurer. Mais elle se contentait de m'aveugler.

— Tu ne partiras pas avant de m'avoir avoué ce que tu as fait.

— Lâche-moi ou…

— Ou quoi ? Tu vas me tuer ? Comme tu as tué Sinclair ?

— Je ne l'ai pas tué ! Je ne te ferais jamais ça !

— Non, tu m'as simplement suggéré de le quitter pour toujours.

— C'est pour ton bien !

— Non, pour le tien. Difficile de passer pour une sainte-nitouche quand sa sœur est la reine des vampires, hein ?

— Tu sais très bien que ce que tu fais est mal.

— *Dixit* la fille avec une épée qui réagit à ses sautes d'humeur.

— Je n'avais pas l'intention de perdre mon sang-froid.

— Est-ce que tu l'as perdu avec Sinclair ?

— Non !

— Avec Anthonia et Garrett, alors ? Tu as failli tabasser Garrett à mort, une fois. Il t'a encore énervée ? Alors tu t'en es débarrassée avec ta charmante petite épée, puis tu t'es occupée d'Anthonia et maintenant, tu te mens à toi-même ?

— Je ne mens jamais !

Ah ! Pas trop tôt ! Ses yeux avaient viré du bleu au vert poison et des mèches rouges apparaissaient dans ses cheveux blonds. Elle perdait son sang-froid. Elle n'était plus Laura, fille de pasteur, mais celle de Satan. Et elle se trouvait dans ma cuisine avec une arme qui pouvait me tuer.

Génial.

— Avoue-moi tout, la rousse. Qu'est-ce que tu as fait ?

— Absolument rien ! Lâche-moi ou…

— Tu vas me tuer ?

— Lâche-moi, cracha-t-elle. Lâche-moi ou je te tue. Je me moque des regrets que j'aurai après.

— Tu comptes vraiment m'embrocher avec ce truc ? tuer ton unique sœur ? et rendre Bébé Jon orphelin… deux fois dans la même semaine ?

— Oui, si tu ne me lâches pas sur-le-champ, lâche-moi, lâche-moi tout de suite, reine des vampires, tout de suite !

— Qu'est-ce que tu as fait, Laura ?

— Lâche-moi ! hurla-t-elle.

Derrière moi, la vitre au-dessus de l'évier partit en éclats.

— Waouh ! Un nouveau truc ! Joli, fille de Satan. Tu as d'autres petits tours de passe-passe à partager avec la classe ?

Elle demeura silencieuse un moment et je me sentis soudain ridicule de maintenir ma sœur contre le mur à trente bons centimètres du sol tout en essayant d'éviter l'épée pointée vers mon œil. Était-ce toujours comme ça quand tout allait de travers ? Ne pouvait-on plus faire confiance à personne ?

— Je sais très bien ce que tu essaies de faire. Ça ne marchera pas. Repose-moi par terre, s'il te plaît.

Ses yeux avaient repris leur couleur naturelle et le rouge disparaissait de ses cheveux. L'épée se dématérialisa dans un éclat de lumière. Non, ça n'avait pas marché. Si elle était coupable de quoi que ce soit, elle me l'aurait avoué sous sa deuxième identité, son côté obscur. Quand elle était en colère, elle perdait la tête. Elle n'était pas sournoise comme sa mère. Elle entrait dans une colère noire et devenait alors trop énervée pour mentir.

Mais elle avait recouvré son calme. Elle contrôlait de nouveau ses paroles. Elle pouvait me mener en bateau.

Je la reposai par terre.

— Franchement, Betsy, se plaignit-elle en lissant son chemisier froissé, que ferait Jésus ?

— Il te transformerait en pain ?

— J'en ai marre de tes blasphèmes !

Elle se dirigea vers la porte, repoussant les mèches qui lui tombaient devant le visage tandis qu'elle passait près de moi.

— Tu es bien plus intéressante quand tu es en colère ! lui criai-je.

— Va en enfer ! Pour de bon !

— Je suis où, en ce moment, d'après toi ? m'exclamai-je.

Pour toute réponse, j'entendis la porte d'entrée claquer. Elle avait dû piquer un sacré sprint dans le couloir.

CHAPITRE 27

Je n'en avais vraiment pas envie. Il y avait au moins une centaine de choses que j'aurais préféré faire à la place. Même un canal dentaire sans anesthésie passait avant.

J'avais résisté le plus longtemps possible. C'est-à-dire dix minutes après avoir eu l'idée. Qui sait ? C'était peut-être ça, « le début ».

Ça correspondait plus ou moins au moment où Nick avait dû se rendre compte que j'étais une vampire et que nous avions tous piétiné son cerveau avec de grosses bottes noires. Il n'était pas le seul que nous regrettions d'avoir hypnotisé.

Il me suffit d'appeler Tina... qui tentait de franchir la frontière suisse. J'étais surprise. Pas par le fait qu'elle connaisse les renseignements dont j'avais besoin, mais parce que j'ignorais que la Suisse se trouvait près de la France.

— C'est pas beaucoup plus haut ? Au niveau du Groenland ?

— Ma reine, en quoi puis-je vous être utile ? demanda-t-elle d'un ton exaspéré.

— J'ai besoin de l'adresse de Jon Delk.

Il y eut une longue pause.

— Tina ? Saletés de téléphones portables…

— Ma reine, en quoi cette adresse vous sera-t-elle utile ? Je vous rappelle que vous m'avez promis de ne pas sortir de chez vous jusqu'à mon retour.

— Chaque jour qui passe, une pinte de sang de Sinclair disparaît, Tina, en supposant qu'il soit toujours en vie. (Je la sentis se crisper à l'autre bout du fil.) Delk tuait des vampires avant et il déteste Sinclair plus que n'importe qui. Ça vaut le coup de faire un tour à la ferme familiale, tu ne crois pas ?

Une autre pause, plus courte. Puis :

— Emmenez Laura avec vous.

— OK, répondis-je aussitôt.

Mince. Je mentais comme un arracheur de canines et je devenais douée, en plus. Dès le retour de Tina, je ferais de mon mieux pour me racheter.

— Et s'il vous plaît, appelez-moi dès que vous aurez trouvé quelque chose, dit-elle. Ou si vous ne trouvez rien. C'est une excellente idée, Majesté. J'aimerais simplement être à vos côtés pour accomplir cette mission à votre place.

— Tu es déjà assez occupée comme ça, ma belle. Maintenant, balance l'adresse, s'te plaît.

— Je vous l'ai envoyée sur votre téléphone portable pendant que nous parlions.

— Rusée et efficace. Je te reconnais bien là.

— C'est aimable à vous, Majesté, de prétendre que je vous suis utile.

— Arrête ça tout de suite, répondis-je. Ça ne sert à rien de te morfondre. Tu avais une mission importante à accomplir et tu l'as fait. Qui aurait pu prévoir une chose pareille ?

— Quelqu'un de mon âge avec mon QI, dit-elle.

— Le coupable a enlevé Sinclair sous mon nez. Il a agi devant mes yeux sans que je m'en rende compte. Je ne sais pas encore de quoi il s'agit, mais… c'est ma faute. Pas la tienne.

— C'est très gentil de votre part, rétorqua-t-elle, mais complètement faux. Prenez soin de vous, Majesté. Je vous aime, ô éternelle.

— Hein ?

— Non, rien.

Plus gênant, tu meurs.

Tandis qu'on raccrochait, je m'interrogeai sur le cas de la mystérieuse Tina. Comment avait-elle été transformée en vampire ? Par qui, pourquoi, et qu'était devenu le coupable ? Je n'avais aucune réponse ; je pouvais seulement compter sur sa dévotion sans faille. En fait, la seule personne à propos de laquelle j'en savais encore moins était mon fiancé récemment disparu.

Pourquoi ces deux vampires qui semblaient autant se soucier de moi refusaient-ils de parler de leur passé ?

Me poser ces questions ne m'aiderait pas à retrouver Sinclair. Après avoir cherché mon portable partout – je perdais toujours ce putain de téléphone –, je le trouvai au fond d'un vieux sac Louis Vuitton que Jessica m'avait offert pour mes vingt et un ans.

Je notai l'adresse ainsi que les explications précises pour s'y rendre – je savais bien que je pouvais compter sur Tina pour traquer facilement les Lames de la Justice – et me préparai pour la longue route qui me séparait de la ferme familiale des Delk.

Chapitre 28

Les parents de Jon Delk habitaient dans la banlieue de Saint Paul, mais, ces derniers temps, il passait beaucoup de temps dans la ferme de ses grands-parents à Burlington, dans le Dakota du Nord. Le trajet me prit neuf heures au lieu des quatorze habituelles, en grande partie parce que je n'avais pas à m'arrêter pour une pause pipi ou pour manger, mais aussi parce que j'avais roulé à 150 kilomètres-heure tout du long. J'avais été arrêtée trois fois... par des hommes qui patrouillaient seuls. Je n'avais reçu aucune amende.

J'étais partie le lendemain de mon coup de fil à Tina. J'avais dû louer une chambre dans un motel avant le lever du soleil puis j'avais repris la route dès 17 heures, l'après-midi suivant.

Les cultures de maïs familières du Minnesota avaient disparu depuis longtemps pour laisser place aux champs de blé et aux bourbiers près de la frontière canadienne. Au bout d'un moment, ça en devenait lassant. Au moins, les champs de maïs avaient des couleurs intéressantes.

Je me garai devant la maison, dans l'allée qui faisait au moins un kilomètre de large, avant de couper le moteur. J'avais emprunté la Ferrari jaune banane de Sinclair pour l'occasion… avec elle, à 150 kilomètres-heure, on avait l'impression d'être à 90. J'observai un instant la ferme aux tons écrus devant moi, non sans un peu d'appréhension. Je n'étais pas du tout pressée de passer à la suite du programme.

D'une, parce qu'il était déjà tard, du moins, pour un fermier. Vingt-deux heures. Et de deux, parce que Delk et moi ne nous étions pas quittés en bons termes. Pour tout vous dire, il avait appris qu'on avait trafiqué sa mémoire et la pilule était mal passée. Il me l'avait fait comprendre en me tirant dessus. C'est dingue comme ce genre de chose a tendance à se répéter ! Puis il avait détalé comme un lapin et on n'avait plus entendu parler de lui.

Ça faisait de lui un excellent suspect pour tout ce qui se passait en ce moment.

En avançant difficilement sur les graviers, je regrettai mon choix de chaussures. Je portais des escarpins lavande à petits talons avec un short en lin écru et un cardigan assorti. Je sais, il faisait plus de vingt-cinq degrés, mais j'avais toujours froid.

Tandis que je gravissais les marches de l'entrée sous le porche bien éclairé, une foule d'odeurs typiques de la ferme m'assaillirent : fumier, farine, animaux, rosiers, gaz d'échappement de la voiture de Sinclair. Il y avait à peu près un milliard de criquets dans le jardin – du moins, c'était l'impression que j'en avais.

Quand je frappai à la porte, je fus aussitôt distraite par l'apparition d'un Delk torse nu.

— Betsy ? s'exclama-t-il.

Le petit fermier était vraiment bien bâti. Trop jeune pour moi – même pas encore en âge de boire –, blond, épaules sympathiques, tablettes de chocolat à tomber par terre. Bronzé, très bronzé. Ses cheveux blonds étaient presque blanchis par des journées passées au soleil. Il sentait le savon et le jeune homme en bonne santé, tout simplement. Ses cheveux n'avaient pas fini de sécher après la douche qu'il venait de prendre.

— Qu'est-ce que tu fais ici ?

— Hein ?

Il plissa les yeux d'un air méfiant pour observer l'allée obscure derrière moi.

— Rassure-moi, il n'y a personne d'autre avec toi ?

— Non, je suis venue seule.

— Eh bien, tu peux courir pour que je t'invite à entrer !

Il pressa ses bras croisés – musclés et bronzés – contre son torse – bien dessiné et bronzé – en m'adressant un regard noir.

Alors, j'ouvris la porte moustiquaire et le poussai doucement pour entrer.

— Ne crois pas tout ce qu'on raconte, rétorquai-je. Tu n'aurais pas du thé glacé, par hasard ?

Chapitre 29

— Mes grands-parents dorment à l'étage, dit-il en pointant une arbalète vaguement dans ma direction tandis que je glissais six sucres dans mon thé. Si tu fais mine de les approcher, tu peux parier que, ce carreau-là, je ne le retirerai pas.

— Je suis trop morte de peur pour songer à désobéir. Tu as du citron ?

— Oui, mais tu n'en auras pas.

— Sale môme.

Je pris une gorgée avant d'ajouter encore deux sucres. Delk savait qu'un pieu – ou un carreau d'arbalète en bois – dans le cœur ne pouvait pas me tuer comme les autres vampires… mais tant qu'il ne le retirerait pas de ma poitrine, je jouerais la morte à la perfection.

— Ne t'en fais pas, j'ai mangé un morceau en chemin.

Je m'étais servie sur ce porc de réceptionniste du motel qui avait osé me pincer les fesses pendant que je signais le registre. J'avais failli lui arracher les doigts d'un coup de dents, mais j'avais finalement décidé de le jeter derrière le bureau et de lui prélever l'équivalent d'une petite pinte.

Delk se trémoussa nerveusement sur sa chaise sans pour autant baisser son arme.

— Qu'est-ce que tu veux ?

— Oh, les trucs habituels : la paix dans le monde, des escarpins Christian Louboutin, un mariage parfait.

Il réprima un frisson. Je fis semblant de n'avoir rien vu.

— Tu comptes toujours épouser le roi des cinglés ?

Ça reste à voir. Est-ce que tu l'as tué, Delk ?

— J'en ai bien peur, répondis-je avec un enthousiasme que je ne ressentais pas du tout.

— Qu'est-ce que tu veux ?

— Des renseignements.

— Inscris-toi aux cours du soir, tu pourras apprendre plein de trucs.

— Je ne veux pas faire de la poterie, Delk. Il se passe des choses extrêmement bizarres à Saint Paul, alors je me demandais si tu ne ressentais pas le besoin de me parler.

— Fais mumuse avec mon esprit, et qu'on en finisse ! me provoqua-t-il, mais la pointe de son arbalète tremblait.

— Et si tu te contentais de me répondre ?

Je détournai sciemment les yeux. Pas question de l'hypnotiser par erreur. On avait déjà suffisamment joué avec ce pauvre gamin.

— Il y a eu des blessés. Des gens qui n'ont rien demandé. Mon père est mort. Ma belle-mère aussi. Du coup, je suis la nouvelle maman de Bébé Jon. Des vampires ont disparu et les gens agissent bizarrement. Jessica essaie de ne pas vomir ses boyaux à cause de la chimio.

Delk m'observait, bouche bée. J'espérais que sa surprise n'était pas feinte.

— Doux Jésus !

— Il y a un truc qui cloche. Et… je n'ai pas pu m'empêcher de penser…

— Tu crois que j'ai tué tes parents ?

— Ce n'était pas ma mère, répondis-je par automatisme.

— Je n'avais rien contre ton père et ta belle-mère. Je ne les ai jamais rencontrés ! Tu pensais que j'aurais pu… ?

— On ne s'est pas vraiment quittés en bons termes.

Il se laissa aller en arrière en ricanant, baissant l'arbalète jusqu'à ce qu'elle ne soit plus pointée vers ma poitrine.

— Tu veux parler du jour où j'ai appris que j'avais écrit un livre sur toi – ta putain de biographie – et que Sinclair et Tina m'avaient tout fait oublier dans l'unique but de protéger la nation vampirique ? Sauf que, pour une raison qu'on ignore, ce livre que je ne me rappelle pas avoir écrit est tombé entre les mains d'un éditeur et va être publié cet automne ? dans la catégorie fiction ?

— Euh, oui, admis-je. Dit comme ça, c'est forcément une mauvaise chose.

— Si je comprends bien, Sinclair a disparu, lui aussi ?

— Ouais.

— Je n'y suis pour rien, juré. Je doute que le coupable soit l'un d'entre nous. Les Lames de la Justice se sont séparées.

Je rigolai doucement, comme chaque fois que j'entendais le nom de leur groupe d'ados.

— Oh, ça va ! Ce que je veux dire, c'est que je ne leur ai pas parlé depuis qu'Anya et Tina ont cassé. Mais tu le sais déjà.

— Je sais aussi qu'on était amis jusqu'à ce que j'autorise Sinclair et Tina à commettre un acte que je n'approuvais pas.

— Tu m'en veux ? demanda-t-il d'une voix calme en posant l'arbalète entre le sucrier et la crème.

Je devais admettre que cette ferme du Dakota du Nord avait du charme : bonne chère, meubles solides, nappe à carreaux, arbalètes...

— Non ! Bien sûr que non ! Je ne t'en ai jamais voulu. J'aurais réagi de la même façon. J'aurais même déchargé plusieurs flingues avant de quitter la ville.

Il sourit.

— Oui, ça ne m'étonnerait pas de toi. Je n'ai pas quitté la ferme depuis notre dernière rencontre. Mais comme papi a toute l'aide dont il a besoin pour la moisson, je vais sûrement m'inscrire pour ma dernière année à la fac cet automne. Minneapolis et Saint Paul me manquent.

— Mon petit doigt me dit que la vie en résidence universitaire n'est pas ta tasse d'arbalète.

Quand il éclata de rire, il eut l'air d'avoir seize ans au lieu de vingt.

— Après toutes les conneries que j'ai vues ? et que j'ai faites ? Je tuerais sûrement mon compagnon de chambrée avant la fin de la réunion d'orientation.

— On a beaucoup de place à la maison, tu sais ? Tu serais le bienvenu jusqu'à ce que tu trouves un appartement.

Il me dévisagea. Ce fut mon tour d'être mal à l'aise.

— Écoute, poursuivis-je. Je ne prétends pas qu'il n'y aurait pas des tensions…

— Des tensions ?

— J'admets qu'on a déconné. C'était mal. Je les ai laissés faire parce que j'ai des responsabilités que je n'avais pas étant vivante. Mais ça ne rend pas la situation plus juste pour autant. Je tiens à t'aider. À te dédommager. Tu peux vivre avec nous aussi longtemps qu'il te plaira.

— Je suis sûr que Sinclair et Tina vont sauter de joie.

— Ils te sont redevables, eux aussi.

Il rit légèrement avant de prendre une gorgée de mon thé.

— Pouah ! Il y a plus de sucre que dans du coca, là-dedans ! Tu m'autoriserais vraiment à crécher chez toi ?

— Bien sûr. Pour tout te dire, ça me changerait d'inviter quelqu'un à emménager, pour une fois. D'habitude, les gens s'incrustent sans rien dire.

— Comment tu peux être sûre que je ne mens pas ? Qui sait ? J'ai peut-être buté Sinclair et Tina et poussé ton père dans l'escalier… Désolé pour tes parents, au fait.

— Merci, mais Tina est toujours en vie et mon père est mort dans un accident de la route.

— Je suis peut-être un excellent acteur.

— C'est pour ça que je ne me suis pas contentée de t'appeler. Je voulais te parler en face, pour observer ton expression. Ton regard.

Il déglutit difficilement.

— Oh.

— Tu es doué, Delk, mais je suis la reine des vampires.

Il tritura la nappe jaune pendant un moment en essayant de ne pas me regarder avec trop d'insistance.

— Je crois que c'est la première fois que je t'entends dire ça.

— Je passe une semaine d'enfer, c'est pour ça ! Et par « d'enfer », j'entends horrible et interminable.

— Bon, dit-il avec l'air assuré de quelqu'un qui vient de prendre une décision. Je ne sais pas encore si j'emménagerai chez vous, mais je vais rentrer avec toi pour t'aider.

L'idée ravit une partie de moi, tandis que l'autre avait envie de se couvrir les yeux et de grogner. Selon mes estimations, cette visite aurait pu se dérouler de trois manières différentes.

La première : Delk me lance des objets contondants à la tête, me vise avec un flingue et me chasse comme un coyote enragé. La deuxième : Delk fait une croix sur le passé et me propose de rentrer avec moi pour m'aider. Je vous en parle davantage dans quelques instants. La troisième : une étrange combinaison des deux autres.

J'étais plus que tentée d'accepter son offre, mais je n'allais pas m'autoriser ce luxe. Je n'avais aucune idée de ce qui se passait et du danger de la situation. Même si Delk avait été un adepte de la chasse avec les Lames de la Justice pour défendre ses arrières, il n'en restait pas moins un gamin. Et puis ce n'était pas un secret qu'il était amoureux de moi. Pas question de lui donner de faux espoirs.

Enfin, je n'étais pas venue jusqu'ici pour le mêler à mes problèmes. Après ce que nous lui avions fait subir, il ne nous devait rien.

— Après ce qu'on t'a fait, tu ne nous dois rien.

— Je ne pensais pas aux autres. Je veux simplement t'aider, toi.

— Ça me touche, même si c'est un peu flippant. Rien n'a changé, Delk. Dès que j'aurai retrouvé Sinclair, j'épouserai cette tête de mule.

— Et le reste de son corps, j'espère. Écoute Betsy, tu… tu me manques. Je crois qu'on est quittes.

— Oh. Quittes comme : « Tu as joué avec mon esprit puis je t'ai tiré une balle dans le cœur, on reprend de zéro » ?

— Dit comme ça, me taquina-t-il, c'est forcément une mauvaise chose.

— Tu es adorable, répondis-je.

Et je le pensais vraiment. Il fut un temps où je trouvais que le béguin de Delk était adorable. Désormais, il me fatiguait. Je pris note de le caser avec quelqu'un de bien lorsque j'aurais mis un point final à ce désastre, peu importait le résultat.

Avec Laura ?

Pas question.

Quoique...

— ... pas un problème de rentrer à Minneapolis avec toi.

— Tu es adorable, répétai-je, mais c'est mon problème, pas le tien. En attendant, réfléchis à ce que je t'ai dit. Pour cet automne. (Je vidai ma tasse de thé.) Je ferais mieux d'y aller si je veux faire le maximum de route avant le lever du soleil. Désolée d'être passée à l'improviste.

— Attends ! (Delk attrapa un Post-it, écrivit dessus et me le colla sur le bras.) C'est mon numéro de portable. Appelle-moi. Je peux te rejoindre en moins d'une journée.

— Merci, répondis-je sans lui parler du dossier que Tina avait constitué à son sujet. (Je retirai le papier de mon bras pour le glisser dans ma poche.) Je le garderai précieusement.

— Passe le bonjour à Jessica et Marc de ma part.

— Ce sera fait. Merci de ne pas m'avoir embrochée à l'instant où j'ai passé la porte.

— Je n'aurais jamais pu, tu es bien trop mignonne.

Tout à coup, j'étais pressée de partir. J'avais peur d'avoir un moment de faiblesse et de lui demander de rentrer avec moi. J'en avais tellement marre de me débrouiller toute seule. Et je me sentais coupable à cause de ses sentiments. Il m'avait pardonné rapidement pour un acte que je considérais comme impardonnable. Était-ce ma faute ? Je ne lui avais jamais donné de faux espoirs. Du moins, je ne le pensais pas.

— Tu veux en entendre une bonne ? demanda-t-il en se levant pour me raccompagner à la porte.

— Avec plaisir.

— J'ai écrit à la maison d'édition. Celle qui a publié *Vampire et Célibataire*. Je me suis fait passer pour un critique. Ils m'ont envoyé des ENC.

— Des quoi ?

— Des épreuves non corrigées. Une copie de mon livre, quoi. C'est mignon. C'est raconté à la première personne. Tu sais… comme si tu racontais ta propre histoire.

Soudain, la porte d'entrée me parut très loin. La culpabilité m'engloutissait comme un raz-de-marée.

— Oh ? réussis-je à articuler en essayant de ne pas presser le pas.

— Ouais.

— Delk, je suis…

— Je sais.

Tandis qu'il m'observait d'un air pensif, je tentais de ne pas regarder son torse.

— Si tu es vraiment la reine, tu dois l'être jusqu'au bout.

Je n'avais pas la moindre idée de ce qu'il voulait dire.

— Oui, tu as raison.

— J'espère simplement que tu n'oublieras pas ton humanité. Pas de sitôt, en tout cas.

— J'essaie. *(Enfin une vérité.)* Tous les jours. C'est un peu ce qui rend les autres vampires complètement dingues.

Il sourit à pleines dents.

— Alors raison de plus pour continuer !

— Merci pour le thé.

— Merci d'avoir eu la courtoisie de venir me parler en personne.

Il m'ouvrit la porte. On resta ainsi un moment, mal à l'aise, tandis que je réfléchissais à ce que je devais dire. Je n'osais pas l'embrasser, même pas sur la joue. Lui serrer la main paraissait bien trop formel après tout ce que nous avions traversé. Mais ne rien faire du tout aurait été malpoli.

— Oh et puis merde ! m'exclamai-je en l'attrapant pour lui claquer une grosse bise sur chaque joue. Voilà. À plus.

— Eh ! Si tu découvres que Sinclair est mort…

— Arrête.

— Trop tôt pour plaisanter ?

— Légèrement. (Je descendis les marches.) Sois sage. On se voit peut-être en septembre.

— Sûrement, répondit-il gaiement. (Il laissa la porte claquer derrière lui et s'appuya contre la balustrade.) Ça vaudra le coup, rien que pour agacer ton fiancé en cavale.

— Tu n'es pas en train de mater mon cul, j'espère ?

— Bien sûr que si !

Je souris sans m'en rendre compte et lui adressai un doigt d'honneur par-dessus mon épaule droite.

Il me fit « au revoir » de la main tandis que je démarrai et reculai. Je lui répondis avec un appel de phare.

Encore un suspect que je pouvais rayer de la liste. Toutefois, après cette visite, je me sentais beaucoup mieux. Je me fis alors une promesse. Deux, en fait. J'allais arranger les choses pour Delk. Même s'il m'en coûtait, je ferais en sorte qu'il soit crédité pour *Vampire et Célibataire* et qu'il touche des royalties.

Comment ? Je n'en avais aucune idée. Mais c'était la moindre des choses.

Chapitre 30

— Je n'arrive pas à croire que tu me surveilles comme une enfant !

— Je ne t'ai pas obligée à venir, je te signale.

— Comme si j'allais rester dans le mausolée qui te sert de maison !

— Maman, je peux avoir une autre feuille ?

Jeannie, Lara Wyndham et moi étions à la boutique de mariage. C'était la première nuit de pleine lune. Plus que quatre jours avant la cérémonie.

Peut-être que je ne voulais pas voir la réalité en face. Peut-être était-ce pour cette raison que je me trouvais là. Que j'agissais comme si j'allais vraiment me marier la semaine suivante. Si Sinclair réapparaissait – ou si je découvrais où il se cachait –, je n'avais pas l'intention de prononcer mes vœux à poil.

Sachant que je planifiais mon mariage depuis le collège, je n'arrivais pas à croire que je ne m'étais pas occupée de la robe plus tôt. Comme on manquait de temps, je devais trouver la tenue idéale, avec le moins de retouches possible.

Les fleurs étaient prêtes, le menu aussi. J'avais pris rendez-vous avec le juge qui allait nous marier. C'était un ami de ma mère. Les réponses aux invitations nous étaient toutes revenues bien avant la disparition de Sinclair. Comme il s'agissait d'une petite cérémonie civile, il n'y avait pas besoin de répétition. Ni de demoiselles d'honneur, mais j'avais quand même acheté des tailleurs de créateur pour mes amies, des Vera Wang, couleurs pierres précieuses.

En parlant de couleurs, Lara était allongée par terre et dessinait avec des Crayola à paillettes. Jeannie était affalée dans un fauteuil, le regard rivé au plafond. Et, à mon agréable surprise, elle ne portait pas d'arme sur elle. J'essayais de me souvenir de la dernière fois où j'étais venue ici, quand les choses étaient encore à peu près normales.

— Comment était ton mariage ? demandai-je pendant que j'attendais que les vendeurs m'apportent des robes.

Jeannie ricana.

— Je n'en ai pas eu. Je suis tombée en cloque le jour de ma rencontre avec Michael, dit-elle en désignant sa fille d'un signe de tête. Pour les loups-garous, ça fait de nous un couple marié.

— Ah oui ? (Malgré mes problèmes, je trouvais ça intéressant.) Je suis un peu dans le même bateau. On a un bouquin qui s'appelle le *Livre des Morts*. Il avait prédit… euh… mon existence. Et celle de Sinclair, mon fiancé. Donc pour lui, c'est comme si on avait toujours été mariés. Même quand je ne pouvais pas l'encadrer.

— C'est n'importe quoi.

— Je ne te le fais pas dire ! Donc, la dernière chose qu'il voulait, c'était un vrai mariage avec une robe, un traiteur et un gâteau qu'on ne peut pas manger.

— Oh. Et c'est là qu'il a disparu ?

— Ouais.

Jeannie ne devait pas être très douée au poker. Je lui fus reconnaissante de ne pas suggérer que Sinclair n'avait peut-être pas été enlevé. Elle se contenta de me dévisager en se mordant la lèvre avant de reporter son attention sur le plafond.

— J'espère qu'on découvrira rapidement ce qui se passe, dit-elle en se trémoussant nerveusement sur son siège.

L'humidité avait rendu ses longs cheveux, habituellement bouclés, presque crépus. Elle replaça une grosse mèche derrière son oreille et croisa les jambes.

— Je n'ai pas vu mon fils depuis une semaine.

— Oh ? Vous avez combien d'enfants ?

— Deux : Lara et Aaron. Il aura deux ans le mois prochain. (Elle soupira.) Ce voyage était bien trop dangereux pour un bébé.

— Moui. (Je jetai un coup d'œil à Lara pour m'assurer qu'elle était trop concentrée sur son dessin pour nous entendre.) Je ne veux pas me mêler de ce qui ne me regarde pas, mais, à mon avis, c'est dangereux pour tout le monde en dessous de trente ans.

Jeannie esquissa un sourire forcé.

— Lara est le prochain chef de meute. Plus elle en saura sur ce monde avant de prendre la relève, mieux ce sera.

— OK, mais ça ne lui laisse pas beaucoup de temps pour profiter de son enfance, non ?

Jeannie ne répondit pas, mais je voyais bien qu'elle n'aimait pas cette situation. *Qu'est-ce que ça fait,* pensai-je, *d'être la seule humaine au milieu de tous ces loups-garous ? Amoureuse de son mari, contente d'avoir des enfants avec lui, mais coincée dans une société avec des règles si différentes ?*

Je ne la comprenais que trop bien.

— Donc, même si vous avez un petit garçon, Lara…

— La succession se fait par ordre de naissance. Le sexe n'a pas d'importance.

— Cool, ça change !

C'est vrai, quoi, d'habitude, les hommes ont tous les avantages.

— Oui, je te vois venir. J'aimerais pouvoir protéger Lara de… tout ça. Mais un enfant loup-garou n'a rien à voir avec un enfant humain. Même une métisse comme ma fille. Ils sont intrépides, rapides, pragmatiques… parfois cruels. Dès le jour de sa naissance, j'ai su qu'elle n'était pas comme un bébé humain. Je jurerais qu'elle est née sans le gène de la peur.

— La peur est un gène ?

— Tu veux qu'on se batte, pour voir, Blondie ? demanda-t-elle en souriant. Si tu en as envie, ne te retiens pas surtout.

— Ne m'appelle pas « Blondie », boule de poils !

— Tu te fais du souci pour rien, maman, intervint Lara, toujours allongée par terre.

Son dessin ressemblait à une plantation de champignons retournés, en feu.

— C'est ma prérogative.

— Qu'est-ce que… ?

— Ça veut dire que, comme je suis ta mère, j'ai le droit de m'inquiéter pour toi jusqu'à la fin de mes jours.

— Ah. OK, marmonna-t-elle avant d'éclater de rire quand Jeannie lui donna un petit coup de pied dans les fesses.

— Si j'ai bien compris, ton mari et ses potes parcourent Saint Paul à quatre pattes, à l'heure qu'il est ?

Jeannie haussa les épaules. Elle était visiblement habituée à tout ce cirque. Je ne pouvais m'empêcher de l'admirer. Elle s'était beaucoup mieux adaptée à ce mode de vie extrême que moi. Bien sûr, elle avait eu quelques années de plus.

— J'aimerais courir à quatre pattes, moi aussi, dit Lara.

J'adressai un regard interrogateur à Jeannie.

— En général, ça arrive à la puberté, répondit-elle.

— Oh, ça doit être drôle !

Tout sourires, elle allait poursuivre lorsque…

— Ah, mademoiselle Taylor ! Je suis ravie de vous revoir !

— Oui, salut, euh…

— Misty, Sherri et moi devons nous absenter pour manger un morceau. Vous êtes notre unique rendez-vous ce soir. Christopher est dans l'arrière-boutique.

Il cherche des robes qui pourront mettre en valeur votre teint et votre taille à la perfection.

— Génial, répondis-je.

— Trop génial, ajouta Jeannie.

— Nous avons des pièces magnifiques signées Saison Blanche, Nicole Miller, Vera Wang et Signature.

— Super. Mais, comme vous le savez, le temps ne joue pas en ma faveur.

— Et rester ici ne joue pas en faveur de ma mère, marmonna Lara, qui ne prêta aucune attention au coup de pied que lui donna Jeannie.

— Je ne pourrais pas tout simplement aller à l'arrière pour regarder les robes ? Ça irait beaucoup plus vite, vous ne croyez pas ?

— J'ai bien peur que ce ne soit contre notre règlement, mademoiselle Taylor. Mais ne vous inquiétez pas, nous resterons aussi tard qu'il le faudra pour vous trouver la robe idéale.

Jeannie grogna. Je ne pouvais pas lui en vouloir. À sa place, je me serais sûrement ennuyée à mourir, moi aussi. En fait, ça m'étonnait un peu que…

Beth

— Pardon, tu disais ?

Jeannie se tourna vers moi.

— Quoi ?

— Qu'est-ce que tu m'as dit ?

— Je n'ai rien dit à voix haute. Par contre, j'ai pensé plein de méchancetés, répondit-elle avec un grand sourire. Quoi ? Les vampires peuvent lire dans les pensées ?

— Non.

Ce n'était pas tout à fait vrai. J'étais capable d'entendre les pensées de Sinclair quand nous faisions l'amour. Heureusement que nous étions censés régner ensemble pendant des millénaires parce que je ne pourrais plus jamais retrouver ça avec personne.

Attendez une minute ! Le *Livre des Morts* affirmait que nous allions régner pendant des millénaires. Rien ne disait que Sinclair serait assassiné avant de faire de moi une honnête femme – euh, vampire !

Pourquoi n'y avais-je pas pensé plus tôt ?

J'étais tellement contente que j'avais envie de sortir de là en courant et… Je ne savais pas exactement ce que je voulais faire, mais je ne voulais certainement pas rester dans cette boutique plus longtemps. Je…

— Voilà pour vous, mademoiselle Taylor, dit Christopher en surgissant d'un couloir adjacent.

Je savais qu'il avait pendu deux ou trois robes dans une cabine pour que je les essaie. Les autres vendeuses étaient déjà parties, c'était le timing parfait.

Dissimulant mon excitation, je me levai doucement et m'approchai de Christopher pour l'attraper par le coude.

— Emmène-nous voir toutes les robes, lui murmurai-je à l'oreille.

Alors, il se retourna et, d'une démarche de robot, se dirigea vers l'arrière-boutique. Jeannie se leva avec un ricanement et nous suivit, Lara sur les talons.

Les choses avançaient enfin. Tout allait rentrer dans l'ordre, Betsy !

Chapitre 31

La boutique comptait, à vue d'œil, environ trois mille robes en réserve. J'en éliminai certaines immédiatement. Pas de chantilly. Pas trop de perles. Je déteste tout ce qui est brillant. Pas d'épaules nues si je ne voulais pas me les geler. Pas de longue traîne. J'allais forcément me prendre les pieds dedans et me couvrir de ridicule. Pas de style « sirène », ces robes moulantes qui devenaient évasées à partir des genoux.

Je n'aimais pas non plus le nouveau style aguicheur : traditionnel de dos, mais fendu sur le devant, ras la moule. On voyait un peu trop les jambes à mon goût. Les miennes étaient superbes, bien sûr, mais c'était un mariage… il y avait certaines convenances à respecter.

Je cherchais une jolie teinte ivoire, un peu crème. Le blanc pur n'allait pas du tout avec mon teint de morte-vivante. Même le blanc cassé était un peu trop clair.

Lara reprit son dessin tandis que Jeannie allait et venait à travers la pièce comme un lion en cage. J'essayais une robe de temps en temps pour avoir son avis.

— Non.

— Hmm hmm, fit Lara en levant les yeux de sa feuille.

— Ça ne te va pas du tout, déclara Jeannie quand je sortis de nouveau de la cabine.

— Je suis d'accord avec maman.

Nouvelle tentative…

— Non plus.

— Trop de froufrous.

Et c'est reparti pour un tour…

— On dirait que tes seins vont se faire la malle. Mais si c'est que tu cherches…

Rebelote…

— On ne te voit plus au milieu de toute cette dentelle.

— Complètement cachée, acquiesça Lara.

— Et si tu choisissais un peu de couleur ? demanda Jeannie.

Comme elle se trouvait dans le fond de la pièce, sa voix était étouffée.

— Non, je veux une robe traditionnelle, qui en mette plein la vue.

— Je ne dis pas que tu devrais prendre une robe entièrement bleue ou rouge. Qu'est-ce que tu penses de ça ?

Jeannie réapparut en tenant à la main une robe couleur crème avec un bustier décolleté sans être vulgaire, des mancherons et une jupe évasée qui tombait simplement, sans froufrou, jusqu'au sol. De petites étoiles et fleurs en soie rouge étaient brodées sur le bustier et la jupe.

Je n'arrivais pas à en détacher les yeux. Lara non plus. Puis Jeannie jeta un coup d'œil à l'étiquette et fit de grands yeux.

— Oh putain ! s'exclama-t-elle. Bon, tant pis.

— Stop ! Reviens ici !

Et voilà comment la femelle dominante des loups-garous de Wyndham trouva ma robe de mariée.

Chapitre 32

— Elle te va comme un gant !

Jeannie n'arrivait pas à s'en remettre. Nous venions de rentrer à la maison.

— Tu as dit que tu te mariais dans quelques jours, c'est ça ? Tu as vraiment eu de la chance. Je n'ai jamais entendu parler d'une robe de mariée qui n'avait pas besoin de retouches.

— Ça prouve que cette robe m'était destinée. Merci encore. Si tu ne l'avais pas trouvée, je n'aurais jamais pensé à essayer ce genre de choses.

— Pas la peine de me remercier. Mes raisons étaient purement égoïstes. Je ne tenais pas à passer trois heures de ma vie dans cet enfer de taffetas. Lara, va chercher ton sac et prépare-toi pour aller au lit. (Elle se tourna vers moi.) On a choisi une chambre au deuxième. Ça ira ?

— Aucun problème. On a des tonnes de chambres.

Je jetai un coup d'œil à ma montre : 21 heures. Je me demandais sérieusement si je devais lire le *Livre des Morts*. En vérité, j'étais terrifiée. La dernière fois, ça m'avait transformée en salope exécrable pour une bonne partie de la soirée. J'avais blessé mes amis.

Sinclair. Il m'avait fallu un long moment pour que je me pardonne à moi-même.

Et puis je devais penser à Jeannie et Lara. Michael ne me les avait pas confiées pour que je les attaque après avoir lu le mauvais chapitre de la bible vampirique.

Pire, le *Livre* n'avait pas de sommaire ou de table des matières. Je ne savais pas où trouver ce que je cherchais. Il fallait que je le parcoure en espérant tomber sur un passage qui m'aiderait.

Le bon côté des choses ? Le *Livre* n'avait jamais tort. Il avait prédit mon existence, celle de Sinclair, mes pouvoirs et, en y réfléchissant…

— … mon bébé, dis-je à voix haute sans prêter attention au regard curieux de Jeannie.

C'était quoi, déjà ? « Et la reyne connoîtra un enfant vivant, et il deviendra sien grâce à un homme vivant. » Plus ou moins. Quand Sinclair m'en avait parlé, il avait paru complètement déprimé. Il pensait que quelqu'un d'autre allait me mettre en cloque. Mais je « connaissais » un enfant vivant qui était devenu mien par le biais d'un autre homme… mon père.

Le *Livre des Morts* avait donc eu raison à propos de mon bébé. Il prédisait également que Sinclair et moi régnerions durant un millier d'années. Est-ce que ça voulait dire que je n'avais aucune raison de m'inquiéter ? que tout allait rentrer dans l'ordre ?

Bets

— Quoi ?

— Betsy.

— Quoi ?

— Ton sac sonne.

Je me tournai vers la table où l'on posait toujours nos sacs, clés ou portefeuilles. Jeannie avait raison. Mon sac sonnait vraiment. Je l'ouvris pour me saisir de mon téléphone portable.

— Allô !

— Salut, c'est moi ! Je n'arrive pas à y croire, tu as répondu pour une fois !

— Salut, Jess. Et, oui, ça m'arrive. Qu'est-ce qui se passe ?

— Je me demandais comment s'était passée ta séance de shopping.

— Génialement.

— Ce n'est pas un mot, tu sais ? J'en suis quasiment sûre.

— Aucune importance. Je l'ai trouvée !

— Cool ! Elle est crème, pas vrai ? Tu n'as pas fait la connerie de prendre du blanc pur ?

— Oui. Enfin, non, et…

— Cool. Viens me voir à l'hôpital. J'ai un cadeau pour toi.

— Tout de suite ?

— Non, le mois prochain. Oui, maintenant !

J'observai mes invitées qui, à cette heure-là, étaient sûrement plus intéressées par leur lit que par le service de cancérologie. Je couvris le micro du téléphone.

— Ça vous dérange si je sors un moment ?

— Pas du tout, répondit Jeannie en bâillant.

Lara avançait déjà vers l'escalier, à demi endormie, brosse à dents à la main.

— OK, Jess. Je serai là dans vingt minutes.

— Je te préviens, ça n'a pas intérêt à être une embuscade pour que Nick puisse me tirer une balle dans la tête, annonçai-je en entrant dans sa chambre.

— Il est rentré chez lui pour dormir dans un vrai lit pendant quelques heures. Il a presque fallu que j'appelle la sécurité pour qu'il accepte de partir.

— Oui, il devrait avoir honte de s'inquiéter pour toi, ce facho !

— Il se remettra de ce… euh… léger détail.

Jessica ne paraissait pas sûre d'elle du tout. En fait, elle avait tout simplement l'air livide. Les nouvelles séances de chimio n'étaient pas tendres avec elle. Et comme je l'avais déjà dit, Jessica ne pouvait pas se permettre de perdre davantage de poids. Mais elle souriait et affichait cette expression que je ne connaissais que trop bien : elle avait un secret.

— Du fait qu'on l'ait hypnotisé sans lui demander son avis, tu veux dire ? Il nous déteste, Sinclair et moi.

Jess n'essaya même pas de nier ; nous étions amies depuis trop longtemps pour nous mentir.

— Mais il m'aime, moi. On trouvera une solution. Une chose après l'autre. D'abord, j'ai un cadeau de mariage pour toi.

Elle ouvrit le tiroir à sa droite et en sortit une boîte à chaussures enveloppée d'un épais papier blanc avec un nœud bleu pâle.

J'en souris à l'avance. Jessica était riche et avait très bon goût. Mieux, elle savait ce que j'aimais. Retirant le nœud, je le lui collai sur le front et déchirai le magnifique papier avant de soulever le couvercle de la boîte.

J'observai intensément son contenu : une paire de chaussures de mariée Filippa Scott Rosie de la même couleur que ma robe – crème, bien entendu. Je savais qu'elles lui avaient au moins coûté 400 dollars. Je savais aussi qu'elles étaient faites à la main en satin duchesse avec du rembourrage à l'intérieur de façon à ce qu'elles soient confortables malgré les sept centimètres de talons. Le petit ruban sur le devant était la touche finale idéale.

— Oh mon Dieu ! m'exclamai-je.

— Je sais, répondit Jessica d'un air satisfait en se laissant aller en arrière dans son lit d'hôpital comme une déesse mangeant du raisin.

— Elles sont parfaites.

— Je sais.

J'éclatai soudain en sanglots.

— Eh ! Qu'est-ce qui se passe ?

Comme elle s'était redressée trop vite, Jessica eut un haut-le-cœur. Pendant un instant, je crus qu'elle allait me vomir dessus pendant que je pleurais, la tête dans la boîte à chaussures. On se démena chacune de notre côté pour se ressaisir, mais Jessica fut la seule à y arriver.

— Je ne m'attendais vraiment pas à ce que tu réagisses comme ça.

Mes pleurs redoublèrent.

— Betsy ? Qu'est-ce qu'il y a ? C'est Nick ? On trouvera une solution. On sera bien obligés. Mais je ne crois pas qu'il te blessera pour de vrai.

— C'est Nick, répondis-je en pleurant, en cachant mon visage dans la boîte. Et toute cette histoire !

— Quelle histoire ?

Alors, je lui racontai tout.

Chapitre 33

— Hé bé!

— Je sais, dis-je en reniflant.

— Hé bé!

— Je sais.

— Pourquoi est-ce que tu… ? Pas la peine de répondre. Je sais parfaitement pourquoi tu ne m'as rien dit. (Elle se prit le visage entre les mains pour m'observer.) Ça pue du cul.

— Ouais, je ne sais pas quoi faire.

— Il n'est pas mort, ça, c'est sûr, dit-elle avec un sérieux qui me remonta immédiatement le moral. Impossible. Tout à fait impossible.

— Pourquoi ? Il n'est pas immortel.

— Pourquoi ? Parce que c'est de saint Clair qu'on est en train de parler ! Tu crois qu'il est facile à tuer ? Tu crois que tu ne le saurais pas si ton roi était mort ? Il est simplement coincé quelque part. Un sale type l'a enlevé. Il suffit que tu découvres l'identité du méchant.

— C'est ce que j'essaie de faire.

— Oui, tu me l'as déjà dit. Ce ne sont pas les loups-garous, ni Delk. Ni Laura. Ni… Qu'est-ce que Nick t'a dit ? de tout reprendre depuis le début ?

— Ouais.

— Quand les choses ont-elles commencé à devenir bizarres ?

J'y réfléchis un instant. Je pris mon temps et Jessica ne m'interrompit pas. Ça n'avait rien à voir avec la dispute que nous avions eue à propos de l'annonce du mariage. Sinclair et moi nous disputions tout le temps. Quelle était la première chose bizarre qui…

— Les doubles funérailles, répondis-je finalement. C'est là que je me suis rendu compte que quelque chose clochait. J'ai eu l'impression que, d'un coup, tous ceux que je connaissais depuis deux ans avaient disparu et je me retrouvais seule. Tu étais malade. Mon père et le Thon étaient morts. Tina était en Europe. Mark s'était volatilisé. Laura et ma mère n'avaient pas daigné assister à l'enterrement. Anthonia et Garrett s'étaient envolés.

— Tu penses que la mort de ton père et du Thon n'était pas un accident ?

— Qui aurait pu vouloir se débarrasser d'eux ? J'ai été tellement occupée que je n'ai pas eu le temps d'être triste. Si quelqu'un essayait de me blesser, il s'y est mal pris. Je suppose que ça fait de moi une mauvaise fille, mais…

— Mais ton père était une couille molle, intervint Jessica sans prendre de pincettes. C'est tout.

— Je me demande si je trouverais des réponses dans le *Livre des*…

— Ne t'approche pas de ce truc ! m'ordonna-t-elle. Tu n'arrangeras rien en te transformant en garce cinglée !

Je m'adossai à ma chaise avec un soupir.

— Tu as sûrement raison.

— Je suis d'accord avec Tina. Ça sent aussi mauvais que les sushis de la semaine dernière. J'aurais aimé que tu m'en parles plus tôt.

— Tu as des choses bien plus importantes à régler.

— Qu'est-ce qui est plus important que ma meilleure amie ? me demanda-t-elle, agacée.

— Ta vie, répondis-je. Contente-toi d'aller mieux.

— Aujourd'hui, c'était le dernier jour de chimio. Normalement, je serai capable d'assister au mariage sans vomir sur mon tailleur ! De toute façon, même s'il faut me transporter en civière et me harnacher comme Hannibal Lecter, je serai là ! me promit-elle.

— C'est dégoûtant, répondis-je, mais réconfortant.

Chapitre 34

J'entrai dans la maison silencieuse d'un pas maussade. Le deuxième étage était plongé dans le noir ; Lara et Jeannie étaient sûrement au lit depuis longtemps. Mais cette semaine-là, je préférais être prudente. Aussi, je montai les marches sur la pointe des pieds et les trouvai endormies dans la seconde chambre que j'ouvris. Elles étaient toutes les deux en train de ronfler. Je refermai la porte avant de redescendre au rez-de-chaussée en catimini.

Après avoir retiré mes escarpins et jeté mes clés en direction de la console dans le hall, je me dirigeai vers la bibliothèque et m'assis devant le *Livre des Morts*.

L'horrible objet était posé sur un chevalet en acajou à côté de la cheminée, ouvert à Dieu sait quelle page. Je l'observai longuement en essayant de prendre une décision. N'importe laquelle.

— Vas-y, tu n'as rien à perdre, dit une voix affreusement familière à l'autre bout de la pièce. La situation ne peut pas être pire.

Je tournai la tête et la vis : la mère de Laura, le diable, assise derrière le bureau.

— Il ne manquait plus que ça, marmonnai-je.

— Moi aussi, je suis ravie de te revoir, ma chérie.

Satan ressemblait beaucoup à Meryl Streep, mais en brune, avec les cheveux légèrement grisonnants et coupés court. Expression calme, magnifique tailleur gris, boucles d'oreilles classiques en or – des ailes d'anges ! –, collants noirs et… Je jetai un coup d'œil sous le bureau et réprimai un grognement. Elle portait des bottes noires en crocodile Manolo Blahnik à 14 000 dollars.

— Tu les aimes ? (Elle décrivit un cercle avec son pied gauche.) Je suis sûre qu'on pourrait s'arranger.

— Allez vous faire voir.

— Betsy, Betsy, tu as besoin de moi. Tu es incapable de te servir de ton ridicule petit cerveau. Tu n'as pas réfléchi une seule seconde depuis le début de cette histoire.

— Qu'est-ce que vous en savez ? Non, oubliez ça : allez-vous-en.

Je n'avais pas inventé la poudre, mais je savais qu'avec le diable tout se payait. Lui parler était déjà de la folie.

— Oh, Betsy. Tu devrais le savoir pourtant. Je peux t'aider. Non, je veux t'aider. Alors que lui, dit-elle levant le pouce vers le plafond, il s'en moque. Tu crois vraiment qu'il se soucie de toi maintenant que tu es une vampire ?

— Je crois surtout que vous mentez comme vous respirez.

— Je ne t'ai jamais menti, ma chérie.

Je devais admettre que c'était la vérité, mais je ne comptais pas le dire à voix haute.

— Je n'aime pas voir la sœur de ma fille si bouleversée. Si seule au monde. Abandonnée de tous.

— Sans blague.

— Je vais t'aider, ma chérie. Il te suffit de me le demander.

— Et si je vous demandais de retourner en enfer et plus vite que ça ?

Meryl Streep émit un son désapprobateur en secouant la tête comme si elle grondait sa fille désobéissante.

— Pourquoi rendre les choses plus difficiles qu'elles ne le sont ? Tu sais que je peux t'aider.

— Je sais que vous ne donnez jamais rien gratuitement, Meryl Streep.

— Laisse-moi t'aider. Je meurs d'envie de t'aider ! Il est toujours en vie, tu sais. Il n'est pas trop tard… pas encore.

Cette phrase me blessa. Comme un coup de poignard. Je fermai les yeux et me mordis la langue pour me retenir de vendre mon âme.

— Je serais ravie de te prêter main-forte. Parce que lorsque ton homme sera de retour tu arrêteras de penser du mal de ma pauvre Laura. Je n'aime pas vous voir vous disputer.

Je grognai.

— Tout ce que tu auras à faire, c'est te détourner de Lui pour m'adresser tes prières, à moi.

Je faillis tomber de ma chaise.

— Vous prier, vous ?

— Pourquoi pas ? Tu as vu à quoi ressemblait Son monde, non ? expliqua-t-elle avec un geste de la main. Ta meilleure amie se bat contre le cancer. Ton père est mort dans un accident stupide. Ton frère est orphelin. Tu te retrouves seule au moment où tu as le plus besoin d'être entourée. Sans parler de toutes ces vies d'enfants qu'il reprend tous les jours. Qui sait pour combien de temps en a Bébé Jon sous Son régime ? Prie-moi, ma chérie. Je ne suis pas folle comme lui.

— C'est tentant, répondis-je. Très tentant même.

Elle sourit en se passant une main dans les cheveux.

— J'essaie de faire de mon mieux.

— Alors, essayez ça pour voir : prenez vos cliques et vos claques de créateur et cassez-vous d'ici une bonne fois pour toutes.

Le diable fronça les sourcils.

— Betsy, on ne te fera pas deux fois une telle proposition.

— Arrêtez vos conneries ! Vous apparaissez dès que je suis dans une impasse, mais je ne suis pas assez stupide pour croire que vous vous inquiétez pour moi. Vous êtes le diable, pour l'amour du ciel ! Vous avez une réputation à faire peur ! Alors, allez vous faire voir !

Elle se leva. J'eus l'impression que ça prit une éternité, qu'elle mesurait trois mètres de haut.

— Amuse-toi bien aux funérailles, ma chérie, car, sans mon aide, il y en aura de plus en plus. Et passe le bonjour à ma fille adorée lorsque tu la verras.

Quand j'ouvris la bouche pour l'envoyer balader, j'étais déjà toute seule.

Chapitre 35

Il me fallut dix bonnes minutes pour arrêter de trembler. C'était la première fois que j'avais eu autant de mal à dire non à Meryl. Bien sûr, je risquais de voir mon âme rôtir pour l'éternité dans les profondeurs de l'enfer, mais en y réfléchissant, j'étais censée vivre encore un millier d'années. Je n'aurais pas à m'inquiéter de l'enfer pendant un long moment.

Et je la croyais quand elle disait pouvoir m'aider. Elle ne serait pas apparue chez moi si elle n'en était pas capable. D'ailleurs, j'étais toujours tentée de crier son nom pour la rappeler et passer un marché…

Avait-elle parlé de plusieurs funérailles ?

Le téléphone du bureau sonna, et je faillis sauter par la fenêtre. *Quoi encore ?* J'arrachai le combiné.

— Allô !

— Betsy, c'est maman.

— Bonsoir maman, tu es encore réveillée à cette heure-ci ?

— Bébé Jon a fait la sieste tard, répondit-elle gravement. Mais je n'ai rien de prévu demain donc on pourra dormir.

— C'est bien.

— Alors… comment vas-tu ?

— Pas très bien, avouai-je. Je suis dans un vrai pétrin.

Et je convoite un peu trop les chaussures de Satan.

— Je suis désolée, dit-elle aussitôt. Je comprends très bien ce que tu me dis, ma chérie, ne t'en fais pas. Tu te rends compte que l'annonce de l'enterrement n'a été publiée qu'hier ? J'étais persuadée d'avoir respecté les consignes du journal, pourtant ! Mais ils m'ont dit que je les avais contactés vingt-quatre heures trop tard.

— Hein ? Tu parles des funérailles de papa et du Thon ?

— N'est-ce pas ridicule ? Ce que je veux dire, c'est que, depuis l'accident, je suis complètement désorientée. Et je sais que je t'ai rendu les choses encore plus difficiles au pire moment. Ma seule excuse, c'est que… je n'en sais rien. Je ne suis plus amoureuse de ton père. Mais je n'étais simplement pas prête à lui dire adieu. Pas si peu de temps après ta propre mort.

— Je n'avais pas vu les choses sous cet angle, admis-je. Je suppose que je n'aurais pas dû réagir aussi violemment.

— Ton père est mort, ma chérie. Tu avais tous les droits de le faire.

— Mais je n'étais pas la seule. Alors comment est-ce que les collègues de papa étaient au courant ?

— Oh, j'ai appelé sa secrétaire, Lorraine, le jour où j'ai appris leur accident. Je suppose qu'elle a prévenu tout le monde. Tu sais bien que ta belle-mère n'hésitait pas à se servir de Lorraine pour ses actions caritatives.

C'est comme ça que ses amis ont su ce qui s'était passé. Et bien sûr, je t'ai appelée moi-même.

— Oui, je m'en souviens.

Quelque chose me chatouillait le cerveau comme une chenille mangeant de l'herbe. J'étais contente que ma mère ait appelé, qu'elle se soit excusée et qu'on se réconcilie. Alors pourquoi avais-je ce sentiment étrange ? un mal au ventre doublé d'une grande excitation ? Je ressentais une sorte d'inquiétude joyeuse, si une telle chose existait.

— Je pensais aller voir Jessica avec le bébé demain, disait ma mère.

Je l'entendais à peine. *« Reprends depuis le début. »* Tout avait commencé avec les funérailles. Il n'y avait pas eu d'avis dans le journal. Donc les seules personnes présentes étaient des gens qui savaient… qui savaient…

— J'irai lui rendre visite dans l'après-midi si tu veux te joindre à nous…

— Marjorie ! m'écriai-je en serrant le combiné si fort qu'il vola en éclats.

Chapitre 36

Dieu soit loué, Jeannie et Lara ronflaient toujours. En mettant les gaz, avec une circulation quasi nulle, j'atteignis le quartier des docks en un temps record, les doigts crispés sur le volant. Je devais faire attention à ne pas le déformer ou l'arracher.

Ça avait été tellement gentil de la part de Marjorie de me présenter ses condoléances aux funérailles de mon père. D'ailleurs, Marjorie adorait rendre service. Cette même Marjorie, vieille de huit cents ans, qui détestait la politique.

Pourquoi était-elle venue ? pour voir comment je résistais aux pressions qu'elle m'infligeait ? pour essayer de ressentir ma peine ? pour que je ne la soupçonne pas ?

Je l'ignorais, mais je comptais bien le découvrir.

Je me garai près d'un entrepôt délabré dont l'intérieur était spacieux et bien décoré, rempli de livres et d'ordinateurs à la pointe de la technologie. La piaule de Marjorie. Son repaire. Putain de veuve noire !

Pas la peine de frapper : je poussai les portes battantes et pénétrai d'un pas vif. Comme toutes les confrontations importantes de ma vie, mon entrée fracassante tomba à plat. Marjorie n'était nulle part en vue.

Rien n'avait changé depuis la dernière fois que j'étais venue : lumière tamisée, fauteuils confortables, bancs. De nombreuses tables de conférence, des chaises. Des rangées et des rangées d'ordinateurs. Silencieux comme un cimetière – sans rire –, avec une odeur de vieux papier dans l'air. De poussière. Et de cire pour les meubles.

Mais je n'allais pas laisser un vulgaire produit ménager se mettre en travers de mon chemin. Ni même me ralentir. Je…

Elizabeth

— Éric ? murmurai-je.

La voix lointaine au fond de mon esprit, celle que je n'arrivais pas à reconnaître ni comprendre jusqu'à présent, s'était faite plus claire.

Je reniflai. Satanée cire d'abeille au citron ! Je ne sentais rien d'autre. Je reniflai plus fort. *Ah ! Voilà !* Pas de doute, Sinclair était passé par là. Il y était peut-être toujours. Je me raidis comme un chien de chasse à l'affût avant de suivre sa trace à travers plusieurs portes et deux escaliers jusqu'à un sous-sol froid et humide.

Mes talons ne faisaient aucun bruit sur les marches recouvertes de moquette, ce qui m'arrangeait étant donné que je devais avoir les yeux partout. Sinclair s'était-il vraiment trouvé aussi proche pendant tout ce temps ? Et où l'avait-elle enfermé pour que je l'entende à peine ? Que lui avait-elle fait ?

Au moins, l'endroit ne ressemblait pas à une chambre de torture, mais à ce qu'il était réellement : une vieille bibliothèque bien entretenue, avec beaucoup d'argent pour s'acheter des livres et des ordinateurs. Il y avait même des néons au lieu de torches disposées le long des murs, par exemple.

Arrivée en bas du deuxième escalier, j'ouvris une porte coulissante. Au-delà, en revanche, ça ressemblait davantage à un entrepôt. La porte émit un bruit de ferraille. Alors, une odeur de sueur et de moisissures agressa mon odorat délicat de reine.

La première chose que je vis fut Anthonia, enfermée dans une cage, comme Hannibal Lecter dans *Le Silence des agneaux*. En la voyant se démener contre les barreaux, je me rappelai combien elle était claustrophobe. Ses cheveux noirs étaient trempés de sueur ; elle avait le visage blême ; elle puait le rat mort et ses vêtements étaient sales. Quand elle posa sur moi ses yeux écarquillés comme ceux d'un animal en danger de mort, elle m'accueillit avec un :

— Fais-moi sortir d'ici !

Puis j'aperçus les cercueils. Deux, fermés à l'aide de chaînes et de… de crucifix ? Aucun doute. Il y en avait des dizaines, qui recouvraient presque toute leur surface.

Elizabeth

Je me précipitai vers le cercueil le plus proche et repoussai les croix, puis je tirai sur les chaînes jusqu'à ce qu'elles se tordent et se brisent entre mes mains. J'ignorais comment Marjorie les avait placées là. Avec des gants de cuisine, peut-être ? Aucune importance.

Je devais le libérer et voir ce que la faim et les croix lui avaient fait.

—Moi d'abord, moi d'aboooord!

En soulevant le couvercle du cercueil, je réprimai un cri d'horreur. Oui, il s'agissait bien de Sinclair. Incroyablement flétri. Incroyablement vieux. Rabougri. Desséché. Ses lèvres retroussées faisaient ressortir ses canines. On aurait dit qu'il avait un millier d'années. Qu'il était mort.

—Oh, mon Dieu! m'écriai-je. Oh, Sinclair! Dis-moi ce que je dois faire! Comment est-ce que… ?

—Ta mère ne t'a jamais dit d'appeler avant de débarquer chez les gens? Ne t'inquiète pas, je peux valider ta place de parking. Comme c'est intelligent de ta part de t'être garée tout devant!

Je me retournai si vite que je faillis me ramasser. Marjorie descendait les dernières marches. Trop occupée à libérer Sinclair, je ne l'avais pas entendue arriver.

—Chienne!

—Gamine!

—Pourquoi?

Je devais crier pour me faire entendre par-dessus les hurlements d'Anthonia. Durant la pleine lune, elle était toujours difficile à vivre, même quand tout allait bien… ce qui n'était vraiment pas le cas.

—Pourquoi est-ce que tu as fait ça?

—Vous ne m'avez pas laissé le choix.

J'avais envie de pleurer. De crier. De lui flanquer mon poing dans la gueule.

—Qu'est-ce que tu racontes?

Elle avança dans la pièce, élégante et soignée dans son tailleur en tweed avec chaussures assorties.

— Il est incapable de vous contrôler. Preuve à l'appui : votre rubrique mensuelle. Votre autobiographie, best-seller de l'automne dernier ! Vous vivez au grand jour, votre entourage connaît votre vraie nature. Vous vous entourez au lieu de choisir la solitude. C'est extrêmement dangereux pour tous ceux que vous prétendez gouverner. Vous ne m'avez pas laissé le choix.

— Si j'ai bien compris, tu as fait ça parce que tu n'adhères pas à mon mode de vie ?

— Comme je l'ai déjà dit, c'est votre faute.

— Mais oui, c'est ça ! Tu enlèves des gens, tu les séquestres, les tortures, et après, tu me fais porter le chapeau.

Elle haussa les épaules.

— Contrairement à vous, je fais mon devoir. Et, contrairement à lui, je ne suis pas aveuglée par votre prétendu charme. En gardant Sinclair à ma merci, je peux vous contrôler. Il faut bien que quelqu'un prenne les choses en main. Et ce n'est sûrement pas vous qui le ferez.

— Mais… mais…

— Je l'ai. Je le garde. Et je le tuerai si vous refusez de m'obéir.

— Mais je suis la reine !

— Imposture ! Ce n'était qu'un accident. Maintenant, vous n'êtes plus rien que mon jouet.

Elle suivit mon regard jusqu'au cercueil ouvert. Sinclair imitait toujours la momie rabougrie.

— Je savais qu'il refuserait de m'aider. Alors, il a fallu que je trouve un moyen pour qu'il me rende visite de son plein gré. Je ne m'attendais pas à ce qu'il amène ces deux-là avec lui, mais je m'en suis occupée sans problème.

Elle adressa un regard noir à Anthonia qui faisait un raffut de tous les diables en secouant les barreaux de sa cage.

— Pour quelle raison est-il venu vous voir si rapidement ?

Elle fronça les sourcils.

— Parce que j'avais des renseignements à lui donner. La connaissance, c'est le pouvoir ; les bibliothèques en sont pleines. Je peux falsifier des archives, annoncer des morts, en inventer d'autres, modifier des possessions. Je peux changer les faits, l'Histoire, si j'en ai envie. Je solidifie mes bases. Un jour, je pourrai devenir reine, si j'en ai envie. Je pourrai me débarrasser de vous en inventant une rumeur ridicule et en altérant la vérité. Betsy Taylor n'a jamais été la reine ; ce n'était qu'une imposture, une prophétesse ou tout ce que je voudrais faire d'elle. Qui osera me contredire ? Les seuls vampires assez vieux pour être au courant habitent en Europe. M'en voudraient-ils si vous mouriez ? si Sinclair mourait ?

J'essayais de ne pas perdre le fil de la conversation.

— Quel renseignement devais-tu lui donner ?

— Je lui ai dit que votre bague de fiançailles était maudite.

— Et il y a cru ?

— Évidemment, puisque c'est la vérité.

— Oh non, pitié ! (J'examinai la bague sertie de diamants et de rubis.) Quel genre de malédiction ?

— Vous avez déjà lu *La Patte de singe* ?

— Au lycée.

— Quelle agréable surprise ! Moi qui pensais devoir vous montrer la version illustrée ! Comme dans cette histoire, cette bague exauce trois vœux. Mais il y a toujours un prix à payer. Les pierres ont été dérobées à l'intérieur d'une tombe égyptienne. Elles ont beaucoup voyagé avant de parvenir jusqu'à moi. Je les ai brisées en petits morceaux, que j'ai essaimés à travers le monde. Dans un but totalement scientifique.

» L'une d'elles m'est revenue l'année dernière, montée sur une très belle bague ancienne. Je l'ai enterrée profondément, là où elle ne pourrait pas m'atteindre, mais où je pouvais la récupérer au cas où j'en aurais eu besoin. Puis Sinclair m'a demandé si je connaissais un bijou spécial qu'il puisse vous offrir pour vos fiançailles. (Elle éclata de rire.) Il m'a même payée 250 000 dollars ! J'attendais avec impatience de voir ce que vous alliez souhaiter.

Des milliers de pensées tournoyaient dans mon esprit. Le zombie qui était apparu sans raison trois mois auparavant. Tina et Sinclair avaient essayé, en vain, de découvrir d'où il provenait. Ils ignoraient même que les zombies existaient. Le mystère était resté entier jusqu'à présent. N'avais-je pas souhaité qu'on me donne un vrai défi lorsque la délégation européenne était en ville ? une façon de prouver que je méritais mon titre ?

J'avais également souhaité que tout le monde parte et me laisse tranquille. Je ne m'étais jamais sentie aussi seule que durant la semaine qui venait de s'écouler.

Et j'avais souhaité un enfant et alors, mon père… et le Thon…

— Oh, mon Dieu, gémis-je.

J'étais presque sûre que j'allais m'évanouir. J'avais tué mon père ! Mon propre père ! Et le Thon.

— En vue des nouvelles possibilités que m'offrait cette bague, j'ai contacté le roi pour lui dire que j'avais fait des recherches plus approfondies sur la pierre et que mes découvertes étaient déplaisantes. Il a bien sûr accouru ici. Et il n'était pas seul.

Anthonia avait sûrement eu une vision à la dernière minute et avait décidé de l'accompagner ou de le suivre, Garrett sur les talons. Quel bordel !

— Apparemment, elle aurait essayé de l'empêcher de venir, mais Sinclair respecte la courtoisie et mon grand âge. Il est venu quand même. Et voici le résultat.

— Salope.

— Oui, oui. Bon, si nous discutions du premier ordre que je vais vous donner ?

Je me jetai sur elle, enfin, plutôt sur le mur puisqu'elle m'esquiva sans aucun problème.

— Ne commencez pas, dit-elle d'une voix sèche. Vous ne m'aurez pas. Sinclair est indisponible et, sans lui, vous n'êtes rien du tout. Une coquille sur la page de l'Histoire. Personne n'a réussi à me blesser depuis cinq cents ans. Vous… Aïe !

Je lui assenai un coup de poing dans le dos et sentis ses côtes partir en poussière sous le choc.

Mais, vive comme un serpent, elle referma sa prise sur mon bras et me propulsa contre le mur. Je sentis mon nez se briser en rencontrant violemment le béton.

Je me retournai alors et la frappai si fort qu'elle trébucha sur le côté. Je réussis à éviter son coude. J'allais tuer cette salope une seconde fois. Pas seulement parce que c'était un sale faux-cul. Pas seulement parce qu'elle essayait de me blesser et de me manipuler. J'allais la tuer pour ce qu'elle lui avait fait à lui.

Mon genou se brisa dans un craquement sinistre. Je continuai d'avancer en boitant et lui flanquai un coup de pied avec ma jambe valide. Elle tomba en grognant, mais se releva sans me laisser le temps de réfléchir, remontant sa jupe pour me frapper dans le genou qui essayait de se ressouder.

Je me jetai sur elle en hurlant. Comme j'étais plus grande, je réussis à la plaquer à terre, criant encore plus fort lorsque ma rate explosa sous son poing. Je roulai sur le côté, certaine que j'allais vomir et elle me grimpa sur le dos pour me cogner la tête contre le bitume.

— Tout ceci est ridicule, me murmura-t-elle à l'oreille. Il vous suffirait de vous conformer à mes règles. Alors, nous pourrions enfin gouverner cette nation correctement.

Je rejetai la tête en arrière et souris en entendant son nez se briser. Puis je donnai un coup de coude, mais je la manquai. Je sentis de nouveau ses mains sur moi, qui me poussaient fort. Je laissai quelques dents sur le sol en béton.

Mouais. Me faire tabasser n'était pas très drôle. Je réprimai un hurlement lorsqu'elle me tordit le bras si fort qu'il se brisa à deux endroits différents.

Elizabeth, va-t'en

Ta gueule, Sinclair. Au moment où je me retournais, le poing de la bibliothécaire s'abattit sur moi. Encore quelques dents en moins. Je lui crachai du sang au visage.

— Oh non ! Pas… du sang !

Elle éclata de rire en se léchant les lèvres. Ses canines apparurent comme des aiguilles sortant de ses gencives. Je lui donnai une gifle qu'elle évita avant de m'assener un coup de poing dans le ventre. Je me pliais en deux, à deux doigts de vomir, quand elle me prit la tête à deux mains et essaya de l'arracher.

Heureusement, je réussis à l'arrêter avant qu'elle ne me brise la nuque. On se déplaça alors à travers le sous-sol en une danse étrange. Puis elle me marcha sur le pied avec ses gros talons carrés et je sentis d'autres os se briser. Je perdis l'équilibre et tombai, Marjorie sur le râble.

Elle m'étranglait en même temps qu'elle me tapait la tête par terre. Sa prise sur mon cou ne me dérangeait pas plus que ça – je n'avais pas besoin de respirer –, mais, chaque fois que ma tête touchait le sol, j'entendais un nouveau bruit de fracture. J'avais l'impression que quelqu'un croquait de la glace pilée à côté de mes oreilles. Ça faisait mal, et c'était agaçant.

Bam. Bam. Bam. Je levai les jambes pour les passer autour de son cou, mais elle se contenta de se pencher pour continuer de me casser le crâne.

La lumière commençait à s'affaiblir autour de moi. Je ne pensais pas que c'était l'éclairage d'ambiance qui faisait ça. Non. Elle était sur le point de me tuer. Depuis la disparition de Sinclair, j'avais tourné en rond comme une idiote, pour finalement découvrir que les indices que je cherchais étaient sous mes yeux depuis tout ce temps,

« Reprends tout depuis le début. »

Puis j'avais découvert l'identité du coupable et, pour ma peine, qu'est-ce que je gagnais ? Le droit de me faire botter le cul. C'était douloureux et plutôt humiliant.

— Et dire… que je pensais… que vous seriez raisonnable.

La garce n'avait même pas le souffle coupé. Elle faisait simplement une pause chaque fois qu'elle me tapait la tête par terre. J'allais mourir entre les mains d'une femme rachitique avec un tailleur et des cheveux gris. Et des chaussures de vieille !

Des roses noires fleurissaient devant mes yeux et tout à coup, la douleur s'estompa. Hmm. Les pieux n'avaient pas réussi à me tuer, les balles non plus. Mais si un ancien vampire me causait suffisamment de dommages – surtout au crâne –, s'il m'arrachait pratiquement la tête, je ne donnais pas cher de ma peau. Quelle bonne occasion de le découvrir !

Si on y réfléchissait bien, ce n'était pas si grave. Non, vraiment. J'avançais dans le noir depuis si longtemps qu'il me paraissait logique d'être finalement envahie par les ténèbres. Elle avait raison, après tout. Je n'étais pas une vraie reine.

La preuve : elle m'avait menée par le bout du nez pendant trop longtemps. Elle avait même réussi à tromper Sinclair !

Elizabeth, va-t'en ! Sauve-toi !

Facile à dire ; il faisait la sieste dans un cercueil confortable, lui.

Non, c'était sûrement mieux ainsi. Mon père était mort, presque de ma main. J'aurais probablement foutu la vie de Bébé Jon en l'air. Anthonia semblait avoir perdu la tête à cause du stress que lui avait causé cette semaine de captivité. Dieu seul connaissait l'état de Garrett. Jessica n'allait pas tarder à me quitter. La perte de poids ne mentait pas. Quant à Sinclair…

Si cette garce me tuait, il était mort.

Si cette garce me tuait, personne ne l'empêcherait de blesser qui elle voudrait. Ma famille. Mes amis. Sinclair.

Du sang s'échappait de ma tête et me coulait le long du visage. J'avais une centaine d'os brisés, trois de mes côtes avaient disparu. Elles n'étaient pas cassées, elles s'étaient vraiment volatilisées. Je me vidais de mon sang. C'était la première fois que j'avais aussi…

Soif ?

… de toute ma vie. J'avais besoin de boire, mais j'en étais incapable. J'avais besoin de vivre, mais c'était impossible. Marjorie avait de l'énergie et du pouvoir à revendre. Je n'avais réussi à la frapper que pour me défendre.

Marjorie avait de l'énergie et du pouvoir à revendre.

Marjorie.

J'essayai de la toucher. Pas avec mes mains ou mes canines. Avec mon esprit. Alors que tout sombrait dans l'obscurité autour de moi, je sentais toujours son énergie, sa force. Je m'en saisis comme un enfant gourmand s'empare d'une part de tarte. Et comme les siens, les doigts boudinés de mon esprit s'enfoncèrent dans la chair épaisse et mes yeux s'illuminèrent à la vue de la pâte chaude et croustillante.

— Ha ! l'entendis-je grogner.

Elle me lâcha aussitôt, secouant la tête, perplexe. Quelque chose l'avait harponnée et refusait de la relâcher. Je me retournai pour voir de quoi il s'agissait.

Il n'y avait personne d'autre. Aucune importance. La voir ainsi suffisait à me redonner des forces. Les points noirs se dissipèrent et ma vue s'éclaircit. Marjorie se débattit violemment tandis que le gamin à l'intérieur de moi tâtait son corps pour deviner de quoi était fourrée sa tarte.

Miam, une tarte au sang !

Alors, je me mis à boire sans la toucher.

Elle cria en tombant à genoux.

Il n'y a personne d'autre que toi, compris-je soudain tandis que le sang s'écoulait en moi. *La reine. La putain de reine des vampires. Sa reine. Et sa reine requiert sa putain d'obéissance de merde. Elle a quelque chose qui pourrait m'être utile. J'en ai besoin. C'est à moi.*

À moi !

Le gentil gamin amateur de tartes avait disparu. Je brisai cette bonne vieille Marje avec mon esprit, me saisis d'elle et me nourris de tout son être.

Son tailleur se vida : d'abord le sang, puis les muscles atrophiés et enfin les petits morceaux de peau et les os tombés en milliards d'échardes.

Quand j'eus fini, je me tenais debout au-dessus d'un tailleur de bibliothécaire, d'une paire de chaussures à talons carrés et d'environ vingt grammes de poussière. J'étais en pleine forme.

En fait, je ne m'étais jamais sentie aussi bien de toute ma vie.

Chapitre 37

Soudain, une vague de pouvoir m'envahit brutalement. Je hurlai… ou plutôt rugis. Je sentis l'énergie s'écouler dans ma colonne vertébrale comme une cascade ; cette overdose s'avérait bien plus douloureuse que les coups que j'avais reçus. En m'éloignant des restes de Marjorie d'un pas vacillant, je faillis tomber dans le cercueil de Sinclair. Je l'attrapai et déversai une partie de cette nouvelle force en lui. Je n'avais pas le choix : si je ne voulais pas exploser, il fallait que je m'en débarrasse.

Tandis qu'il tressaillait, rajeunissait et reprenait des forces, je me rendis compte que ce n'était toujours pas suffisant. J'allais quand même éclater.

Je reculai difficilement, donnant un coup de pied dans les affaires de Marjorie – et sûrement dans ses restes, la pauvre – puis m'approchai de la cage d'Anthonia pour déverser de l'énergie en elle.

J'ignorais totalement ce qui était en train de se passer. Pourtant, je ne fus pas étonnée d'entendre Anthonia crier, puis hurler. Elle tomba à quatre pattes et de la fourrure sombre recouvrit son corps.

Un loup-garou enragé hurla à la lune avant de s'attaquer aux barreaux de sa cage avec ses dents.

C'est pas juste, pensai-je. *Tu n'es pas censée pouvoir faire ça. Tricheuse !*

— Elizabeth ! (Quelqu'un me secouait.) Elizabeth ! J'ignore ce que tu es en train de faire, mais arrête tout de suite ! C'est trop… Tu…

À travers ma vision floutée, j'aperçus Anthonia arracher les barreaux de sa prison. Les loups-garous ont des crocs en titane, ou quoi ? En un rien de temps, elle avait découpé un trou suffisamment grand pour pouvoir se glisser à travers et s'était jetée sur l'autre cercueil avec autant de férocité. Les rosaires volèrent à travers la pièce et elle s'attaqua aux chaînes.

Lorsque mes idées s'éclaircirent, je me dépêchai de l'aider. En d'autres termes, j'ouvris le couvercle du cercueil comme si aucun lien ne le retenait, fourrai les mains à l'intérieur et déversai toute ma force dans le corps rabougri qui y était allongé.

Quelques secondes plus tard, Garrett se relevait et observait les alentours.

— Waouh ! J'ai une pêche d'enfer ! Qu'est-ce qui s'est passé, ici ? demanda-t-il d'une manière qui ne lui ressemblait pas du tout.

La personne qui m'avait secouée… Sûrement Sinclair ? Ah oui. Je le voyais, à présent. C'était bien lui.

Eh ! Il a l'air en parfait état ! Je me suis bien débrouillée. Génial. À présent, si je pouvais me débarrasser de cette force qui menace de me faire éclater la peau…

— Elizabeth ! (Éric avait les yeux écarquillés sous le coup de l'admiration et de la peur.) Elizabeth, que fais-tu ?

Je continuais de brûler à petit feu, d'exploser. Le pouvoir que j'avais subtilisé à Marjorie était trop puissant. Il était partout à la fois, sur moi, en moi, et tout autour.

Une idée me vint à l'esprit, mais je n'allais pas tarder à perdre connaissance. Alors, je me penchai vers Sinclair, qui frissonna à mon contact et lui murmurai mes instructions à l'oreille.

Il hocha la tête.

— Oui, ma reine.

— Dépêche-toi, dis-je avant de m'effondrer par terre, consumée par les flammes.

Chapitre 38

— … Peut-être qu'on devrait…

— … tellement content de tous vous voir…

— … le docteur n'a rien pu…

— … fait mal ?

J'ouvris les yeux, et réprimai un hurlement. Sinclair, Marc, Tina et Garrett étaient tous les quatre penchés au-dessus de moi. Je les repoussai avec de grands gestes et me relevai. Je compris immédiatement que j'étais à l'hôpital.

Mais étions-nous arrivés à temps ?

— Où est-elle ? réussis-je à articuler.

Sinclair posa alors ses lèvres sur les miennes et me prit dans ses bras. Pendant un instant, j'oubliai cette soirée de dingue.

— Arrête ! Arrête ! (Je me libérai pour jeter un coup d'œil autour de moi. Si mes souvenirs étaient bons, on se trouvait dans la bonne chambre, mais elles se ressemblaient toutes.) Ça a marché ? Où est-elle ?

— Je suis tellement contente de vous voir en bonne santé, Majesté ! s'exclama Tina.

Je souris en me tournant vers elle.

— Quand êtes-vous arrivés ici, tous les deux ?

— Je suis rentrée il y a une heure, répondit-elle. (Ses cernes étaient encore plus sombres que d'habitude.) Marc était déjà là. Puis Sinclair a appelé. Au fait, pourquoi Anthonia s'est-elle transformée en loup ?

— Même si je te le disais, tu ne me croirais pas.

— C'est le fait d'Elizabeth. Elle a vaincu Marjorie et manqué de mourir pour sa peine. (Sinclair se tourna vers moi et fondit sur moi à la manière d'un oiseau de proie.) Tu ne m'as pas entendu lorsque je t'ai dit de t'éloigner ? me demanda-t-il en me secouant comme un cadeau de Noël au rabais.

— Ça va, Sinclair, remets-toi. Je n'allais tout de même pas te laisser entre les mains de la Bibliothécaire infernale. Quelle salope, celle-là !

— Tu es sûre que tout va bien ? s'enquit Marc.

Le docteur en lui ne put s'empêcher de m'examiner.

— Je crois que oui.

Je me sentais bien. Presque normale. Pour moi, je veux dire. La vague d'énergie qui avait failli me consumer avait disparu.

Et, vu la façon dont ils me regardaient, ils le savaient tous. Leurs expressions trahissaient l'admiration et la peur qu'ils ressentaient.

Mais qu'en était-il de… ?

— Je dois avouer que ça faisait longtemps que je ne m'étais pas senti aussi bien, intervint Garrett d'un air enjoué.

Je l'avais toujours entendu parler en monosyllabes. J'allais avoir besoin de temps pour m'habituer à ce changement.

— Mais j'ignore quelle sera la réaction d'Anthonia au réveil.

— Ah non, ne me donne pas d'autres sources d'inquiétude ! Au fait, est-ce que vous avez vu nos invitées, à la maison ? Comment vont-elles ?

— Jeannie et Lara vont bien, répondit Marc. (Il portait une chemise à grosses fleurs violettes, un bermuda marron et des sandales.) Je suis tombé sur elles dans la salle de bains. Heureusement, lorsque Tina est arrivée, on s'était déjà expliqués. Quand Sinclair a appelé, on a compris que le danger était écarté, alors elles ont décidé de rester à la maison.

— Super. Maintenant que j'ai des nouvelles de tout le monde sauf de la personne pour qui je suis venue ici, est-ce que quelqu'un aurait l'obligeance de me dire où est ma meilleure amie, oui ou non ?

Seuls des sourires me répondirent. Je sentis la frustration m'envahir. Au bout d'un moment, Marc prit la parole :

— On t'a amenée ici et ton petit ami a fait ce que tu lui avais demandé : il t'a balancée sur Jessica, qui dormait paisiblement. Tu ne te consumais plus, mais tu dégageais toujours de la chaleur et de la sueur. Te voir te trémousser sur Jessica dans son lit… je ne te raconte même pas ! J'en serais presque devenu hétéro.

— Mais son lit est vide ! Ça a fonctionné ? Elle va bien ?

— Mieux que ça, dit Tina, tout sourires. (Le récit de Marc l'avait fait rougir, mais elle réussit à me désigner le couloir d'un geste de la main.) Après s'être remis de son choc, l'inspecteur Berry a compris que nous aidions Jessica et vous a maintenue au-dessus d'elle. Une fois que vous étiez toutes les deux remises, Jessica et lui ont voulu un peu d'intimité. Et comme nous étions tous dans la pièce et que vous aviez besoin d'un lit…

L'indignation me laissa bouche bée.

— Elle est partie s'envoyer en l'air ?

— En quelque sorte, admit Tina.

— T'as tout compris, ajouta Marc.

— Cette petite…

— Ils sont quelque part dans l'hôpital, me corrigea gentiment Sinclair.

Comme s'ils savaient qu'on parlait d'eux, Jessica et Nick déboulèrent dans la chambre – du moins, aussi rapidement que les portes d'hôpital le permettaient –, riant doucement en se tenant l'un à l'autre. Elle portait toujours sa blouse d'hôpital et il n'avait pas rentré sa chemise dans son pantalon. Pas de chaussures. Ni de chaussettes.

— C'était…

Elle se tut lorsqu'elle vit qu'on l'attendait tous.

— Court ? suggéra Marc.

À l'instant où je l'aperçus, je sus que la maladie avait disparu. Pour de bon. Elle était magnifique.

Je la dévisageai. Tout le monde m'imita. Au bout d'un moment, Marc s'éclaircit la voix.

— Comment tu te sens, Jessica ?

Rayonnante, elle s'écarta de Nick et ouvrit les bras en grand.

— Merveilleusement bien ! Mais j'ai une faim de loup. Personne n'aurait une barre de céréales, par hasard ? ou un steak ?

Elle se tourna vers moi, sans se départir de son sourire démentiel.

— Bets, tu ne ressembles à rien. Qu'est-ce qui s'est passé ?

Chapitre 39

Dès qu'on arriva à la maison, Sinclair me porta jusqu'au lit, alors que j'étais parfaitement capable de marcher. C'était ridicule. J'en étais quasi sûre. Toutefois, même s'il n'était que 1 heure du matin, j'étais totalement épuisée.

La dernière chose que je sentis avant de me laisser envahir par le sommeil fut Sinclair qui m'enlevait ma bague de fiançailles. Qu'il la balance dans les égouts ! J'aurais deux mots à lui dire quand…

Je me redressai. Sur la table de chevet, le réveil indiquait 17 h 30. Sinclair était assis à son bureau en train d'écrire. Il releva la tête et vint aussitôt à mes côtés.

— Elizabeth…

— Te tuer.

— … tu vas…

— Je vais te tuer !

— … bien ?

— Tu m'as offert une bague de fiançailles d'occasion ? m'indignai-je.

Il eut l'air contrit en s'asseyant près de moi.

— Une antiquité, nuance.

— Un truc d'occase.

— Si tu veux. Je suis vraiment désolé.

Je me laissai retomber sur les coussins et me couvris les yeux.

— Tu ne pouvais pas savoir. Brave Marjorie, toujours prête à aider, hein ?

— Je pensais qu'une bague sertie avec des pierres qui avaient appartenu à une reine serait le cadeau idéal.

— Zombie. Père mort. Belle-mère aussi. Enfin, pour le Thon, ce n'est peut-être pas un mal… mais tu as failli mourir, toi aussi !

— Je suis vraiment désolé.

Je retirai ma main pour le dévisager. Son regard sombre et pénétrant semblait me transpercer et il avait les mains qui tremblaient.

— Enfin, comme je te l'ai déjà dit, tu ne pouvais pas savoir. Tu t'en es débarrassé, pas vrai ?

— Oui. Je…

— Ne me dis rien. Je ne veux plus jamais revoir ce truc de ma vie, ni savoir ce que tu en as fait. De toute façon, on va chez *Tiffany* en choisir une nouvelle, hein ?

— Si tu veux.

— Tu as une mine affreuse.

— J'étais… terrifié pour toi. J'étais persuadé qu'elle allait te tuer. Et je ne pouvais rien faire. Rien du tout. J'entendais ce qui se passait, mais j'étais incapable d'intervenir. Je…

— Viens là, lui dis-je. Je t'ai dit que tu m'avais atrocement manqué ?

— Pas que je sache.

— Eh bien, c'est la vérité. J'ai cru que j'allais devenir folle. (Je tirai sur sa chemise. Les boutons volèrent à travers la chambre.) Cette maison n'est pas la même sans toi. Au fait, la prochaine fois que le grand méchant loup t'attire dans son antre, pense à me laisser un mot.

— Ou un texto, acquiesça-t-il d'un air grave.

Je lui arrachai frénétiquement ses vêtements. Il fallait à tout prix que je le touche, que je le sente, que je le goûte. J'entendis un déchirement lorsque je lui retirai sa chemise, brisai la boucle de sa ceinture et mis son pantalon en lambeaux.

Serrant ses hanches entre mes genoux, je me penchai pour prendre une ou deux gorgées de sang. Voire trois. Oh ! là, là ! Oh ! là, là !

— Oh ! là, là, grogna-t-il.

J'étais si heureuse de l'avoir avec moi à la maison, dans mon lit ! Tout ça m'avait manqué, et à raison. J'avais l'impression que mes rêves devenaient réalité.

Les miens aussi, mon amour.

Et c'était si bon de le sentir contre moi, de sentir ses mains sur mon corps. Je le tirai vers le haut jusqu'à ce qu'on soit tous les deux assis. On s'embrassa fougueusement, comme si on avait soif d'oxygène. Soif l'un de l'autre. Il me poussa en arrière et je me retrouvai sur le dos…

… puis j'inversai nos positions pour me placer de nouveau au-dessus de lui.

— *À moi*, pensai-je.

— *À toi*, acquiesça-t-il.

Je m'assis à califourchon sur lui pour me rapprocher, pour le guider en moi, et le chevauchai, envahie par le plaisir. Le regard rivé au plafond, je sentis ses doigts s'enfoncer dans mes hanches. Il me mordilla les mains. Je me penchai pour l'embrasser encore.

— *Oh, Sinclair.*

— *Elizabeth. Mon amour, ma reine, mon impitoyable reine.*

— *Attends une minute. On est en train de… ?*

— *Je t'en supplie. Ne gâche pas ce moment avec une pensée ou un geste déplacé.*

— *Mais on…*

— *Oui.*

— *Tu peux… ?*

— *Oui.*

— *Je t'aime.*

— *Oui. Oh oui. Juste…*

— *…là.*

Chapitre 40

— Voici la mariée, tout de blanc – et de rouge – vêtue, chantonnai-je en enfilant mes chaussures. Voici la mariée. De retour d'entre les morts – une fois de plus.

— Cette chanson est à chier. (Jessica se pencha par-dessus mon épaule pour ajuster son rouge à lèvres dans le miroir.) Et je ne parle même pas de ta voix !

— Et voilà, je te guéris de ton cancer et tout ce que j'y gagne, c'est de t'entendre râler.

— Eh ! Je ne t'ai jamais obligée à me soigner. Au fait, c'est moi où tout le monde est encore traumatisé par ce que tu as fait la dernière fois ?

— Mouais, je ne sais même pas ce que j'ai fait.

— Sinclair et Tina non plus. C'est ça qui les rend dingues.

— Sans parler de Michael et les autres ! intervint Anthonia en entrant dans la pièce sans frapper, comme d'habitude. Ils vont faire profil bas pendant un certain temps. Oh et, la blondasse, la prochaine fois que tu me trouves dans une cage avec deux types dans un cercueil, déchaînée et prête à en découdre, libère-moi en premier ! J'aurais pu t'aider à battre cette guenon de Marjorie.

— Je m'en souviendrai.

— Au moins, maintenant, je sais pourquoi ils en font tout un plat, marmonna-t-elle en repoussant le mascara que Jessica lui tendait. Être un loup est vraiment trop cool.

Elle essaya de remettre son col en place, mais elle ne réussit qu'à froisser irrémédiablement sa veste couleur rubis.

— Mais tu sais quoi ? Je n'ai eu aucune vision depuis celle qui m'a montré que Sinclair ne devait pas rencontrer Marjorie seul. Je me demande si je peux toujours voir le futur.

— Eh bien, dis-je, mal à l'aise. Si tu en es incapable et que ça te manque, je m'excuse. Je ne voulais pas...

— La ferme, Betsy. Je ne me plains pas. Je me pose simplement la question.

— Tu veux bien arrêter de bouger ? lui demanda Jessica. (Son tailleur, le même que celui d'Anthonia, était bleu saphir.) Tu es toute froissée.

— Et vous êtes tous agaçants, mais je fais avec, non ? Je suis venue assister à ces singeries, pas vrai ?

— Ta gueule, rétorquai-je chaleureusement.

Tina frappa à la porte avant de passer la tête à l'intérieur.

— C'est presque l'heure, Majesté. Oh ! Vous êtes splendide !

— N'est-ce pas ? répondis-je modestement.

Tina avait revêtu la même tenue Vera Wang que Jessica et Anthonia, mais la sienne était jaune bouton-d'or. Avec sa silhouette fine, ses grands yeux noirs et ses longs cheveux blonds, ça allait très bien.

Tout allait pour le mieux. C'était mon grand jour et tout allait bien.

Soupirant d'aise, j'appliquai un peu plus de blush sur mes joues.

— Au fait, Sinclair t'a parlé du nouveau boulot ?

— Quel nouveau boulot ? s'enquit Jessica.

— On a besoin d'une nouvelle bibliothécaire, répondis-je en observant mon reflet. (Je souris.) La dernière est légèrement morte.

— J'ai déjà beaucoup de responsabilités dans cette maison, répondit Tina. Je dois y réfléchir sérieusement.

— Pour l'amour du ciel, il t'arrive de ne pas réfléchir sérieusement ?

Anthonia bâilla et froissa un peu plus sa veste sans même bouger. J'ignorais comment elle s'y prenait.

— Mais l'idée d'avoir tous ces ouvrages entre les mains… (Tina bavait presque.) Cette occasion de recherche pure en fait un cadeau plus que tentant.

— Oui, oui. Tentant. Betsy, du calme avec le blush pêche si tu ne veux pas ressembler à une entraîneuse.

— Laisse-moi faire, dit Jessica en m'arrachant le pinceau des mains et en attrapant un mouchoir.

Elle me frotta la joue. Pendant un moment d'angoisse, je crus qu'elle allait cracher sur le Kleenex.

— Hmm, fit Tina.

Elle ne dit rien de plus.

— Comment est-ce que tu peux rater le blush ? railla Jessica. Tu en mets juste assez pour avoir l'air de rougir et tu arrêtes.

— Hmm.

— Vous voulez bien me laisser tranquille, bande de garces ? m'écriai-je.

— Et voilà le cri de guerre de la mariée infernale, dit Anthonia en ricanant.

— Tu as vraiment pris la grosse tête depuis que tu peux te transformer en loup !

— Et que ton petit ami s'est rappelé qu'il savait lire. Et qu'il avait un master en maths !

— J'ai compris ! s'écria Tina. (On sursauta tellement qu'on s'arrêta aussitôt de parler.) Vous vous nourrissez très peu, comparé à nous, Majesté. Alors, vous êtes tout le temps affamée. Tout le temps. Vous croyez que c'est la normalité. Pour vous, la faim est un état d'esprit et de corps. Aussi, quand Marjorie était en train de vous tuer, votre premier instinct n'a pas été de vous servir de vos canines, mais de vos pensées !

Elle s'était levée d'un bond pour crier cette dernière partie.

Anthonia l'observa longuement. Moi aussi. Jessica continuait d'ajuster mon blush.

— Euh, pardon, marmonna Tina en lissant les plis de sa jupe.

Ma mère passa la tête à travers la porte.

— Prête ?

— Ouais, répondit Anthonia.

— C'est à moi qu'elle parlait, fis-je remarquer.

— Mais bien sûr, comme si tout tournait autour de toi.

— Aujourd'hui, oui. Allons-y !

— Vous pouvez embrasser la mariée, annonça le juge Summit.

Sinclair s'empressa de lui obéir. Il avait parfaitement réussi à dissimuler son ennui pendant la courte cérémonie. Toutefois, son regard s'était illuminé en me voyant apparaître dans ma robe.

Les invités – tous mes complices habituels, plus les Wyndham – applaudirent poliment et, tandis que nous passions devant eux, ils nous lancèrent des cœurs en papier à la place du riz.

— Ils lancent des cœurs en papier ? à des vampires ? s'indigna Sinclair.

— Oh, la ferme et essaie de profiter du moment.

— Pourquoi est-ce que tu ne m'as pas dit que Sinclair serait en danger en rendant visite à Marjorie ? demandai-je pendant que les autres dévoraient le gâteau au chocolat fourré à la framboise et que j'essayais de ne pas baver.

Dommage que la nourriture solide me fasse vomir.

— Elle a essayé de régler le problème directement, expliqua Michael. Elle a fait équipe avec le mâle dominant et a fait de son mieux pour le protéger. En référer à toi aurait été…

— Inutile ? proposai-je.

— Inefficace, me corrigea Anthonia, le rouge aux joues.

Elle avait sous-estimé ma capacité à les aider. Comment pouvais-je lui en vouloir ? Je n'aurais pas cru pouvoir faire grand-chose, moi non plus.

Du moins, jusqu'à ce jour.

— Choc des cultures, dit Derik d'un air enjoué en avalant sa deuxième part de gâteau. Anthonia a passé trop de temps avec vous, les vampires. Un vrai loup-garou se serait entouré de la plus grande meute possible.

— Oui, eh bien, le vrai loup-garou peut aller se faire voir ! rétorqua Anthonia.

— Tu es un vrai loup-garou, fit remarquer Michael. Tu l'as toujours été.

— Je t'en prie, chef. Les gens vont enfin décider si je suis digne de connaître votre poignée de main secrète, et tu le sais très bien.

Michael ne répondit pas, mais Derik rompit la tension en jetant des miettes de gâteaux sur Anthonia.

— Dans tous les cas, dit Tina en retirant quelques miettes de ses cheveux, grâce à Sa Majesté, tout est rentré dans l'ordre. Maintenant, les gens réfléchiront à deux fois avant de te demander de l'aide, Éric.

Elle dit cette dernière phrase avec un sourire moqueur mais amical.

— Je vais faire semblant de ne pas être blessé, rétorqua Sinclair.

Il avait les mains sur mes épaules. Depuis que je l'avais sauvé, il me touchait sans arrêt. Je ne m'en plaignais pas. On passait nos nuits à faire l'amour comme des bêtes.

Je baissai les yeux vers mes nouveaux bijoux : alliance traditionnelle et bague de fiançailles. Anneaux en platine – Sinclair avait le même –, diamant 1 carat. Jamais portés. Jamais maudits.

Sinclair était resté d'un calme étonnant en apprenant qu'il était le nouveau papa de Bébé Jon. Je le soupçonnai de s'en vouloir à mort de m'avoir offert une bague piégée. En contrepartie, il allait de soi qu'il devrait m'aider à élever cet enfant pendant les dix-sept ou dix-huit années à venir.

— Alors, où est-ce que vous partez ? demanda Laura.

Nous nous étions réconciliées juste avant le mariage. Elle s'était excusée. Lorsque je lui avais dit que sa mère m'avait rendu visite depuis les enfers, elle avait été horrifiée. Elle avait enfilé son tailleur Vera Wang – vert émeraude, la couleur de ses yeux quand elle s'énervait. Tout allait bien entre nous. Jusqu'à nouvel ordre.

— New York, répondit Sinclair. (Le seul détail du mariage qui l'avait intéressé était la lune de miel.) Merci de t'occuper du bébé pendant notre absence.

— Oh, ça me fait plaisir ! s'exclama Laura.

— On le laisse ici ? m'écriai-je. Mais il va s'ennuyer de nous. De moi !

— Désolée, très chère épouse. Je dois poser des limites. Les bébés et les lunes de miel ne vont pas ensemble.

— Facho, marmonnai-je sans vraiment lui en vouloir.

En trois jours, j'avais quitté mon état d'angoisse et de solitude, pour me retrouver entourée de ma famille, de mes amis et de nouveaux alliés. Et Jessica était guérie !

— Toi, tu vas voir.

— Je n'attends que ça, murmura-t-il.

J'éclatai de rire en lui serrant la main. Le pauvre. Il avait quand même beaucoup de mérite à supporter tout ça : des loups-garous, une reine avec des pouvoirs insolites, son intimité brisée par une foule de gens qui voulaient me voir. Et je ne vous parle même pas de Bébé Jon. C'est pour ça que je savais qu'il attendait ce voyage à deux avec autant d'impatience que moi. Seulement, il ignorait que j'avais une surprise pour lui.

Des arômes en spray : dinde, jus de rôti, framboise, sauce brune et omelette norvégienne.

J'avais hâte de l'asperger avec. Et puis je n'avais jamais visité la Grosse Pomme. J'avais bien l'intention de mordre dedans à pleines dents.

— … mon amour.

— Hein ?

— Je disais : suis-moi un instant, mon amour. J'ai quelque chose à te montrer… à l'étage.

J'observai nos invités. Ils avaient formé des petits groupes et parlaient de tout et de rien.

— On fait la course ? murmurai-je avant m'élancer vers la chambre.

Notes

1. Traduit de l'américain par Pierre-François Caillé pour Gallimard. (*NdE*)

2. Traduit de l'américain par Pierre-François Caillé pour Gallimard. (*NdE*)

3. Traduit de l'américain par Philippe Morgaut pour « Folio Junior ». (*NdE*)

EN AVANT-PREMIÈRE

Découvrez la suite des aventures
de QUEEN BETSY
(version non corrigée)

Traduit de l'anglais (États-Unis) par Cécile Tasson

Bientôt disponible chez Milady

Je m'ennuyais. Je traversai la pièce en cinq enjambées et grimpai sur le bureau de Sinclair pour l'embrasser. Avec mon genou gauche, je renversai le téléphone qui tomba par terre dans un bruit étouffé et émit aussitôt un « bip bip bip » agaçant. Mon genou droit, lui, glissa sur un fax que Sinclair avait reçu d'une banque quelconque.

Surpris, mais toujours d'attaque pour un câlin de mi-journée – à 21 h 30, quoi –, mon mari répondit à mon baiser avec un enthousiasme à faire fondre. Mais à cause du dérapage cité plus haut, je tombai violemment contre lui, si bien que sa chaise percuta le mur et creusa un trou dans le papier peint. Encore une mission pour le réparateur.

Il déchira mon pull – en cachemire, putain ! –, repoussa ma jupe – Ann Taylor – qui remonta sur mes cuisses et tira sur ma culotte – H&M – qui disparut Dieu sait où. Pendant que moi, j'étais occupée à lui arracher son costume – malgré tous mes efforts, le roi des vampires refusait de porter autre chose. Les vêtements volaient dans tous les sens.

Puis, comme au cinéma, il balaya tout ce qu'il y avait sur le bureau et m'allongea sur le dos. Quand il fit mine de baisser la main, je m'écriai :

— Pas les chaussures !

Il ne les toucha pas, mais je le vis très bien lever les yeux au ciel et me promis de m'en plaindre plus tard.

Arrachant ce qui restait, il me tira à lui et me pénétra. Ce fut un peu douloureux, parce que, d'habitude, il me fallait plus de seize secondes de préliminaires, mais c'était mortel quand même – sans mauvais jeu de mots.

Je passai les jambes autour de sa taille pour pouvoir admirer mes escarpins léopard à sequins – ne me demandez même pas combien ils coûtent. Puis je relevai la tête avec un grand sourire – je ne pouvais pas m'en empêcher. Sinclair me répondit, les yeux plissés de désir. C'était génial d'être des jeunes mariés. J'avais presque fini d'écrire mes lettres de remerciements.

Rejetant la tête en arrière, je me délectai de son corps contre le mien, de son odeur, de ses mains sur mes hanches, de son sexe à l'intérieur de moi, de sa bouche contre mon cou qui m'embrassait, me léchait, me mordait.

C'est alors que ma belle-monstre me dit :

— Tout est ta faute, Betsy, et je ne bougerai pas d'ici tant que tu n'auras pas trouvé une solution.

Et – sans surprise –, je réagis assez violemment :

— Aaaaah ! Aaaah ! AAAAAAHHHHHH !

Sinclair sursauta comme si je m'étais transformée en boule de feu. Il ouvrit la bouche pour la première fois depuis que j'étais entrée dans son bureau :

— Elizabeth, qu'est-ce qui ne va pas ? Je t'ai fait mal ?

— Aaaaaahhhhh !

Dans ma position, je voyais le fantôme de ma belle-mère à l'envers, ce qui était encore pire. Ce n'est jamais un angle très flatteur.

— Tu peux crier autant que tu veux, tu es responsable de tout ça. Ne pense pas que je sois dupe.

Elle secoua la tête. Dans la mort comme dans la vie, sa coiffure couleur ananas mise en pli à l'excès ne bougea pas d'un cheveu. Le Thon portait une jupe fuchsia, un court chemisier bleu ciel, des collants noirs avec des escarpins fuchsia et beaucoup trop de maquillage. J'en avais presque mal aux yeux.

— Alors, tu ferais mieux de te mettre au boulot.

— Aaaaahhhh !

Sinclair se dégagea et entreprit de m'examiner frénétiquement.

— Où est-ce que tu as mal ?

— Le Thon ! Le Thon !

— Tu... Quoi ?

Avant d'avoir pu lui expliquer – par où commencer ? –, j'entendis des pas précipités approcher et Marc défonça la porte du bureau. Il battit en retraite presque immédiatement, se rattrapa à la poignée et resta dans l'embrasure.

— Betsy, est-ce que ça... ? Oh, mon Dieu ! (Il rougit tellement vite que je crus qu'il allait faire une attaque.) Merde, je suis désolé. Je pensais que c'était un mauvais « aaaahhh » pas un bon « aaaahhh ».

D'autres bruits de pas, suivis de la voix de ma meilleure amie :

— Qu'est-ce qui se passe ? Elle va bien ?

Elle était si petite et menue que je ne la voyais pas derrière Marc.

— Le Thon est ici ! criai-je tandis que Sinclair rassemblait les restes de son costume et me soulevait du bureau pour me cacher derrière lui.

Je ne sais pas pourquoi il se fatiguait ; Marc était gay et docteur. Il se foutait pas mal de me voir à poil. Et Jessica m'avait vue nue des tonnes de fois.

— Là, là-bas !

— Ta belle-mère est dans la pièce ?

Je ne voyais toujours pas Jessica, mais sa voix exprimait toute l'horreur que je ressentais à l'idée que le Thon puisse me hanter.

— Et où voulez-vous que je sois ? rétorqua le Thon, feue Anthonia Taylor. (Elle tapait du pied dans ses chaussures au rabais et se mordait la lèvre inférieure.) Moi, ce que j'aimerais savoir, c'est où est ton père.

— Un problème à la fois, la suppliai-je.

Achevé d'imprimer en janvier 2012 par Hérissey/Qualibris à Évreux (Eure)
N° d'impression : 117996 - Dépôt légal : février 2012
Imprimé en France
81120672-1